文治
© wénzhi books

以眨眼干杯

[日]东野圭吾 著

王蕴洁 译

九州出版社

图书在版编目（CIP）数据

以眨眼干杯 /（日）东野圭吾著；王蕴洁译. — 北京：九州出版社，2023.1（2023.4重印）
ISBN 978-7-5225-1500-7

Ⅰ. ①以… Ⅱ. ①东… ②王… Ⅲ. ①推理小说 – 日本 – 现代 Ⅳ. ①I313.45

中国版本图书馆CIP数据核字（2022）第230212号

版权登记号：01-2022-7174

"WINK DE KANPAI" by KEIGO HIGASHINO
Copyright © 1992 Keigo Higashino
All Rights Reserved.
Original Japanese edition published by SHODENSHA Publishing Co., Ltd.
This Simplified Chinese Language Edition is published by arrangement with SHODENSHA Publishing Co., Ltd.
through East West Culture & Media Co., Ltd., Tokyo

以眨眼干杯

作　　者	[日] 东野圭吾　著
译　　者	王蕴洁
责任编辑	周红斌
封面设计	别境Lab
出版发行	九州出版社
地　　址	北京市西城区阜外大街甲35号（100037）
发行电话	(010)68992190/3/5/6
网　　址	www.jiuzhoupress.com
电子信箱	jiuzhou@jiuzhoupress.com
印　　刷	河北鹏润印刷有限公司
开　　本	880毫米×1230毫米　32开
印　　张	7.25
字　　数	170千字
版　　次	2023年3月第1版
印　　次	2023年4月第2次印刷
书　　号	ISBN 978-7-5225-1500-7
定　　价	52.00元

★ 版权所有　侵权必究 ★

Wink De Kanpai

Higashino Keigo

东 野 圭 吾

目 录

第一章 她有一个重要目的 / 1

第二章 像低级小说般的死法 / 25

第三章 传来啜泣声 / 49

第四章 建立共同战线 / 73

第五章 有重要的事要讨论 / 103

第六章 两个男人的轨迹 / 125

第七章 和你一起听披头士 / 145

第八章 *Paperback Writer* / 171

第九章 以眨眼干杯 / 199

第一章
她有一个重要目的

1

深蓝色蓝宝石的周围镶着略小的钻石，设计高雅的项链、戒指、耳环和手链的整套黄金珠宝总价七千四百三十万日元。

旁边有一条红宝石和钻石以及水晶组合成的项链，价格是两千八百万日元，耳环是一千万日元——

香子觉得双层玻璃的另一边，简直就是另一个世界，一颗小石头竟然比一个人还值钱。但这也没有办法，因为那些小石头真的很美。

她叹了口气，看着自己在玻璃上的倒影。她今年二十四岁，虽然称不上性感，但身材还不错。最近，皮肤的状况很理想，化完妆不容易脱妆，而且她在化妆时突出了细长的凤眼，整体妆容很清爽。

香子在橱窗前搔首弄姿，站在橱窗内侧的店员露出异样的眼光。店员穿着白衬衫配黑裙，脸长得像狐狸，眼神里写着"穷人又一脸羡慕地来看珠宝了"。香子对她扮了个鬼脸，然后转身离去。

"有朝一日，我一定要成为这家店的客人进去消费。"香子不知道第几次在内心发誓。到时候要穿上五千万日元左右的皮草，以"不知道最近有没有什么看得上眼的货色"的表情走进店里，然后就看到"那个"。没错，就是"那个"——那条项链以蓝宝石和钻石为主,搭配红宝石和祖母绿,戴上后简直就像胸口挂着一颗巨大的星星。除了项链,还要有整套的手链、戒指和耳环。戒指上的蓝宝石是二十二点七六克拉——她连详细的数字都记得一清二楚。到时候自己全包了。"总共多少钱?"那个狐狸脸的店员会一脸巴结地回答:"总共八亿日元。""哎哟,八亿啊,没想到这么贵。"这时不要说便宜才是行家,"不能打个折吗?六亿左右差不多。不行吗?我就知道。好吧,没办法,八亿就八亿吧。算了,帮我包起来——"

不知道会不会有这一天。

即使八亿日元是白日梦中的白日梦,至少希望自己能拿出八百万日元买东西,而且连眼睛都不眨一下。绝对不是抱着破釜沉舟的决心,而是像买个南瓜那么轻松、随便。不知道会不会有这一天。

应该不可能。香子很清楚这一点。

至少无法靠自己的能力做到,但如果指望别人,倒不是完全没希望。

——好,那就好好加油。

香子带着二十二点七六克拉的梦想,打起精神,迈开步伐。她在银座中央大道上向左转,风吹起她的大衣衣摆。

前方——银座皇后饭店是她今天工作的地点。

2

走进饭店后,她先去前台问了休息室的房号。"我是班比公关公司的人。""休息室是二〇三和二〇四号房。"前台的工作人员公事化地回答。

一看时间,目前是下午五点十五分。今天的宴会从六点开始,刚好赶上。

她走进二〇四号房,没看到负责业务工作的人。一个熟识的公关告诉她:"米哥在隔壁。"

她敲了敲二〇三号房的门,业务员米泽为她开门。金框眼镜在米泽苍白的脸上闪着亮光。

"小田,你又是最后一个。"

"对不起,电车很挤。"

"你在说什么鬼话?这和电车挤不挤没关系吧?"

米泽推了推眼镜,然后开始在手边的资料上写东西。听说他随时会确认公关的工作态度,但没有人知道他到底在记录些什么。

香子避开米泽的目光,迅速换上白衬衫搭配黑裙的制服,和刚才珠宝店的"狐狸店员"的制服一样。无论是哪种工作,为有钱人服务时,都要穿相同的服装吗?香子一边想着这个问题,一边补妆。

"你知道吧?"三个月前刚进来的绘里走到她旁边咬耳朵,绘里是身材高挑的美女,而且英语很好,"今天是'华屋'的派对,对吧?"

"'华屋'？真的吗？"

香子双眼一亮。

"听说是这样，所以我想你今天一定会铆足了劲儿。你之前不是就很期待吗？"

"当然要铆足了劲儿啊。如果早点知道，我的妆一定会化得更美。"

"我是第一次参加'华屋'的感恩派对。之前听你说过后就很期待，出席的人真的都大有来头吗？"

香子听了绘里的问题，呵呵一笑。

"不是你想的那样。不瞒你说，是有我锁定的目标。"

"原来如此。是不是既帅又有钱？"

"而且，很了解珠宝——这才是重点。"

香子从各个不同的角度检查了镜中的自己，说了声"不错"，然后合上了粉饼盒。

"大家都准备好了吗？"

米泽看着手表，发出像女人般高亢的声音。即使和三十名公关挤在一个小房间里，他似乎也无动于衷。他对女生穿着衬衫和黑裙走来走去不屑一顾，只关心人是否到齐了。

"现在刚好离派对开始还有三十分钟，请各位好好地招待客人。我会负责看好你们的贵重物品。"

香子和班比公关公司其他的公关小姐在米泽的说话声中走向了会场。

"华屋"是日本屈指可数的珠宝店。总部设在东京，在大阪、名古屋、札幌和福冈等全国各地都有分店。香子来饭店之前停留的地方，就是"华屋"的银座店。

"华屋"每年都会在这家皇后饭店举办两次感恩派对，邀请的都是出手大方的老主顾，当然都是某某董事长夫人、医院院长夫人，或者政治人物的太太、女儿，以及艺人。今天是香子第二次在"华屋"的派对上服务，上次就觉得这种做法简直聪明绝顶。

受邀参加这样的派对是一种身份和地位的象征，受邀的客人全身都戴着"华屋"的珠宝，珠光宝气地现身。在这种场合，女人之间当然会暗中较劲儿，迸发出激烈的火花。看到别人戴的首饰，内心就觉得"那种三流女明星竟然戴什么祖母绿的戒指""哼，鸡皮鹤发的老太婆还戴那么华丽的钻石项链"，于是下次就会戴更贵的珠宝。

"华屋"当然就渔翁得利，趁机大赚一票。因为赚了太多的钱，所以"华屋"举办感恩派对，将利益反馈给老客户。女人在派对上相互较劲儿，"华屋"又可以大卖珠宝——这就是他们的生意手法。

只不过苦了那些丈夫。到处可以看到太太们依旧瞪大发红的眼睛鉴定别人的珠宝，那些丈夫只能愁眉苦脸地站在一旁。

香子和班比公关公司的其他公关今天就在这样的派对上服务。

香子像往常一样工作着——不时地端着兑水酒送给客人，为客人倒啤酒，把餐点装在盘子里，听无所事事的老头抱怨几句。

但是，她的心情和平时完全不一样。

今天，她有一个重要的目的。

她神不知鬼不觉地慢慢靠近一张桌子。她的目标就在那里，那个人有可能会为她实现梦想。

目前已经有其他的公关为那张桌子的客人服务了。这情况不太妙。因为今天规定一张桌子只能有一名公关服务，所以香子在中央的桌子旁取菜，悄悄观察着。

不一会儿，那名公关离开了。香子立刻走向那张桌子，把刚才拿的菜递到他面前。

"要不要吃点东西？"

香子没有露出低俗的谄媚笑容，只是淡淡地微笑着。

"哦，谢谢。"

他接过去，放在面前。他正在喝啤酒，香子立刻拿起啤酒瓶为他倒酒："请用。"

他喝了一口啤酒后对她说：

"咦？我上次好像也在这里见过你？"

他似乎终于发现了。香子虽然暗自松了一口气，但脸上仍然笑着装糊涂。

"是吗？"

平时她会彻底装糊涂，不理会那些客人，但今天不一样。

"嗯嗯。就是上次在这里举行的感恩派对，我不小心打翻威士忌，你立刻帮我处理干净了。"

"你这么一说……"

她假装终于想起来了。她当然记得那一次，而且他还记错了。当时是香子撞上了他的手肘，他手上的兑水酒才会洒出来，而且她根本就是故意的。为了找机会和他说话，她可是费尽了心思。

当时的计谋奏效，所以他今天才会主动找香子说话。

然而，接下来才是难关。因为公关不能只为某个特定的客人服务，公关领班会随时确认香子等人的工作状况。资深的江崎洋子是目前的公关领班，虽然她目前正在为一位一看就知道是议员太太的女人服务，但她的两只眼睛随时监视着香子和其他人。

正当香子这么想的时候，一个中年胖男人来找他说话。香子在为周围的其他人服务时，也和那张桌子保持不远不近的距离，借由这种方式努力把握难得的机会。

他名叫高见俊介，听说是高见不动产的专务董事，三十五六岁的样子。香子之所以会对他产生兴趣，是因为在上次派对时听说他目前单身。只不过他并不是没结过婚，而是太太在几年前病逝了，但这种事并不会给他减分。

高见并非"华屋"的老主顾，而是因为协助"华屋"创建分店，所以受邀参加派对。

他是高见不动产的继承人——告诉香子这些事的客人这么形容他。他的身材很像运动员，瘦瘦的脸上有两道浓眉，外表是香子喜欢的类型。

"可不可以帮我拿一杯苏格兰威士忌？"

香子心不在焉地站在那里，眼前突然出现了一个肥胖得像一道墙的男人。他的脸很大，但眼睛和鼻子都很小，身上的白西装完全不适合他。

他是"华屋"董事长西原正夫的第三个儿子，名叫健三。之前听一个客人在背后说他是扶不起的阿斗，但不知道是真是假。

香子拿着苏格兰威士忌回来后,健三仔细地打量着她的脸说:

"你很漂亮嘛,叫什么名字?"

他用好像在问酒店坐台小姐般的语气问道。

"不,我的名字不值一提。"

虽然这句话听起来就像是黑道电影里的台词,但公司规定,别人问名字时都要这么回答。

"告诉我有什么关系嘛。对了,下次要不要一起吃饭?"

"不,真是不敢当,请把机会留给其他出色的女生吧。"

"你就很出色,所以才约你啊。"

香子正在思考该用什么理由拒绝时,一个身穿深蓝色三件式西装的男人走到健三身旁。他可能比健三稍微大几岁,颧骨很高,眼神很锐利。

"山田夫人到了,您过去打个招呼比较好。"

健三听了男人的话,一脸不耐烦,很不情愿地点了点头,跟着男人离开了。

香子又回到高见俊介那张桌子旁。

"华屋"的老三其实也不错。他和高见俊介的年纪差不多,很有钱,最重要的是买珠宝应该很方便。

只不过健三不是香子喜欢的类型。女性周刊上经常会举办票选"最不想上床的十大艺人",健三就属于那种让人想敬而远之的人。虽然香子的梦想是嫁给有钱人……

她的理想对象高见俊介正在和一个灰发的中年人说话。那个中年人刚才在派对开始时致辞,香子因此知道他是"华屋"的副董事长,西原家的长子西原昭一。他的年纪和健三相差很多，四十五六岁的样子，但脸部并不松弛显老。昭一身旁站着一个身穿和服的美女，应该是副董事长夫人。听说西原家的次子目前正在国外。

高见和西原副董事长正在谈名古屋分店的事。

西原正夫董事长致辞后，派对在八点准时结束。香子和其他人又回到了二〇三号房。

"各位辛苦了。"

米泽带着让人很不舒服的谄媚的笑容出现了。

"'华屋'的三公子真是个废物。"

浅冈绫子解开名为"夜宴"的盘发造型，用梳子梳着一头长发时对香子说。绫子身材圆润，看起来是很居家的女人。

"他看到年轻女生就上前搭讪，结果没人理他，最后甚至跑来约我们。"

看来健三并不是只邀约了香子一人。

"之前就听说他是'阿斗'，不过他一样是'华屋'的高管吧？"

香子想起在派对上听到别人谈话的内容问道。

"对啊，听说他以后要掌管关西一带。虽然不关我的事，但还是有点担心他有没有这个能耐。他身边有一个看起来很精明的忠臣。那个人穿着深蓝色的西装，瘦瘦的，不是整天都跟在那个'阿斗'旁边吗？"

香子想起那个人犀利的眼神。

"那个人是专门辅佐他的，姓佐竹。听说有那个人在，应该就问题不大。"

"是呀，真奇怪。既然这样，把生意交给那个姓佐竹的人去打理不就好了吗？"

"但是，西原董事长可能希望让三个儿子继承他的事业吧。父母都觉得自己的孩子很棒，反正这种事和我没关系啦。"绫子说完就站了起来，"那我就先走喽。"

"再见。"

香子想着高见俊介的事。听说高见不动产一样是家族企业，那么俊介是董事长的儿子吗？

香子怔怔地想着这些事。等她回过神时，发现其他人几乎都走光了，只剩下她和绘里两个人。米泽无所事事地抽着烟。

"你可以先回去啊。"香子对米泽说，"我离开时会把钥匙交还给前台的。"

"是吗？那就麻烦你喽。"

米泽抱着皮包起身，带着令人不舒服的笑容离开了。

"那我们回去吧？"

香子把装着衣服的皮包背在肩上，低头对绘里说。绘里还在磨磨蹭蹭，于是香子放下皮包，去了厕所。

香子走出来时，绘里已经换好了衣服在等她。

"我们走吧。"绘里说。

"好，检查一下有没有忘了什么。"

香子迅速扫视室内，拿起钥匙。绘里先打开门，在门口等她。

"好的，没问题。"

香子走出去后，绘里顺手把门关上。这是自动门锁，只要门关上，就会自动锁住。

香子把钥匙还给前台后,和绘里一起走向出口。当她不经意地看向咖啡厅时,停下了脚步。

她发现高见俊介在那里独自喝着咖啡。

"不好意思,我要去跟人打个招呼。"香子说。

绘里有点纳闷,但还是说:"好啊,那就下次见。"

说完,她走向门口。香子确认她离开后,走向咖啡厅。

她故意坐在离高见稍微有点距离的座位上,点了一杯咖啡,假装不经意地打量着周围。

她立刻和高见四目相接。高见有点意外,但还是对她笑了笑,香子轻轻向他点了点头。

"真巧啊。"他主动开口,"你在等人吗?"

"不是,只是坐下来休息一下。"香子回答后,也问了他相同的问题,"你在等人吗?"

"是啊,不过对方是男人。时间有点早,我正觉得无聊呢。"高见说完,看着手表说,"我和他约的是九点十五分,还有四十分钟左右。如果你不嫌弃,要不要一起坐?"

好机会。香子心想。

"可以吗?"

"请坐,请坐,像你这么漂亮的美女,随时都可以。"

高见用手掌对着他对面的座位做出"请"的手势。

"那我就不客气了。"

香子移到高见的桌子旁,她当然不可能错过这个大好机会。

"公关的工作很辛苦啊，应该会有讨厌的客人吧？会不会很费神？"

"是啊，但我已经习惯了。"香子喝了一口咖啡问，"请问……是高见先生吧？"

"是啊，没想到你竟然知道我的名字。"

他显得很高兴。

"我听到了你们的谈话——你在等生意上往来的人吗？"

"嗯，可以算是。但难得和美女在一起，希望他不要太早来。"

高见爽朗地笑了，但香子是真心希望那个人不要太早来，因为她必须利用这个机会，让高见对自己留下印象。

"高见先生，你很精通古典音乐吧？"

香子问，她在派对上听到他这么告诉别人。

"谈不上精通，"高见腼腆地说，"只是很喜欢而已。工作累的时候，听古典音乐很不错。有时候会去听音乐会，最近还去听了NHK（日本放送协会）交响乐团的音乐会。"

他充满热情地说着古典音乐有多好，香子不太了解古典音乐，但还是随声附和着。因为工作的关系，即使对不了解的内容，她也很擅长附和。

聊完古典音乐，他又聊了音乐剧和旅行，他每年都会出国几次。

他们相谈甚欢，可惜高见约的人提前到了。九点刚过，高见看着远处微微点头。香子转头一看，发现一个个子矮小、长得像狸猫一样的男人挥着手走过来。

"这家饭店的斜对面不是有一家名叫'维滋'的咖啡店吗？如果

你不赶时间,可以去那里等我吗?我差不多三十分钟就可以结束。"

高见小声地对香子说,香子虽然只是轻轻地点了点头,内心却雀跃不已。

她向那个长得像狸猫的男人点了一下头就离开了。她听到"狸猫"问高见"那个女人是谁",但没有听到高见的回答。

香子最后又回头看了一眼,她发现高见正专心地和"狸猫"说话,并没有看她。

咖啡厅里除了他们以外,只有三个客人,分别是一对情侣和一个男人。香子看到那个男人的脸,不禁停下了脚步。

他就是刚才那个穿深蓝色西装的男人——香子记得他姓佐竹。佐竹那双凹陷的眼睛一直盯着高见的方向,香子注视着他,结果他们四目相对。佐竹没有感情的视线让香子感到背脊发凉,她立刻移开了视线,然后快步走向出口。

"维滋"的长毛地毯上摆放着玻璃桌子,看起来是一家很适合等人的咖啡店。香子点了一杯柳橙汁,把古典音乐入门书放在腿上翻阅。这家咖啡店旁边就是书店,她刚才立刻去买了书。即使是临时抱佛脚,也胜过什么都不做。

看了二十页左右,香子开始感到有点无聊时,店内变得有点嘈杂。这家店位于二楼,但所有客人都看向窗户的方向。她伸长了脖子,发现有几辆警车停在皇后饭店前。

——出了什么事吗?

正当她这么想的时候,服务生走过来问:"请问,有没有一位小田小姐？"香子立刻举起了手。服务生告诉她说，有她的电话。

"喂，是香子吗？"电话里果然传来了高见的声音，听起来很严肃。

"怎么了？"

香子在发问时感到不安。

"出事了。听说有人死在饭店的房间里，现在这里乱成一团。之所以联系你，是因为我猜你应该认识那个死去的人。"

香子的心脏剧烈地跳动着。

"不会吧……"

"不，我想你应该认识。因为听说她是今天派对的公关，一位姓牧村的人。"

"……"香子说不出话来。

"总之，你是不是过来比较好？喂？小田小姐，你听得到吗？"

香子握着电话，感到一阵强烈的耳鸣。过了很久，她才发现那不是耳鸣，而是她的心跳声。

牧村——

那不就是绘里吗？

3

香子走进饭店，看到警察神色凝重地走来走去。饭店的员工看起来惊慌失措，完全无暇留意客人们。

香子走到前台前，高见立刻跑了过来。虽然他们在短时间内变得很亲近，但香子现在无暇为这件事感到高兴。

"警察目前正在向相关人员了解情况，你最好也过去一趟。"

香子听了他的建议，点了点头。

"你说她死了，到底是怎么回事？"香子带着哭腔问。

但高见摇了摇头："这我就不清楚了，只知道刚才突然乱成一团。"

"是在哪个房间？"

"我记得是二〇三号房。"

"二〇三号房？"

"对，我记得他们刚才是这么说的。"

二〇三？

太奇怪了，香子不禁想，那不是刚才用来当休息室的房间吗？绘里为什么又回到那个房间，而且还死了？

香子冲上楼梯，看到很多神情严肃的男人聚集在刚才作为休息室使用的房间前。她走了过去，身穿制服的警察立刻把她拦下。

她说明自己和绘里的关系。警察走进人群中，不一会儿，就带着一个理着五分头的中年男子回来。那名中年男子看起来像柔道选手。

"我是筑地分局的加藤。"五分头的男人自我介绍说，"你是牧村小姐的朋友？"

"我们是同一家公司的公关。绘里怎么了？听说她死了，这不是真的吧？"

但是，加藤并没有回答她的问题。

"总之，我们想向你详细了解情况。当然，我们也会向你说明情况。"

加藤说完，指向二〇四号房。香子完全搞不清楚状况，只能跟在刑警身后。

走进二〇四号房后，香子和加藤面对面坐下。这时，门立刻被打开了。一个三十岁左右的年轻男人走了进来，他的个子很高，皮肤很黑。

"我是警视厅搜查一课的芝田。"年轻男人自我介绍后，用力吸着鼻子，"有女人的味道，而且人数还不少。"

"现场和这个房间原本是公关的休息室。你没有听说吗？"

芝田似乎这才了解，他点头说："原来如此。"然后在旁边的床上坐了下来。加藤轻咳了一下，然后转头看着香子。

"就在刚才，准确地说，是在晚上九点四十分左右，在隔壁二〇三号房发现了牧村绘里的尸体。"

"绘里是怎么死的？"

香子问。她觉得从刚才到现在，自己已经问了好几次这个问题。

"死因是中毒。"加藤说话的声音听起来好像喉咙被什么卡住了，"应该是氰化物，最近发生了不少使用这种毒药的案件。受到电视和小说的影响，就连普通人也都知道这种东西。"

"那种毒药……所以，绘里是——"香子提高了分贝问，"是被人杀害的吗？"

加藤抖了一下，芝田也突然跳起近十厘米高。

加藤摇着手说："不，目前还不知道。"

"接下来会调查，"芝田一边挖着耳朵，一边说，"这是我们的工作。"

香子直视着加藤："你们有什么问题都可以问。"

"那就按照顺序来确认。"加藤说,"你今天和牧村一起工作,对不对?在工作时,有没有觉得牧村的状态哪里不对劲儿?"

"应该没有。"香子回答,至少她没有发现有什么问题,"今天是'华屋'的派对,她似乎很期待。"

"为什么会期待?"

"因为是珠宝商主办的派对,客人都会戴昂贵的珠宝,漂亮的珠宝不是很赏心悦目吗?"

"女人都喜欢一些无聊的东西。"芝田开玩笑地说道。

香子瞪着他:"珠宝才不是无聊的东西。"

芝田看到她这么凶,不禁瞪大了眼睛。加藤张着嘴,又轻咳了一声。

"工作结束之后的情况如何?"

"没什么特别的,我们两个人最后离开休息室,把钥匙还给前台的工作人员之后就道别了,没有多聊什么。"

"你们道别之后,你去了哪里?"

"我……"香子犹豫了一下才说,"我去了咖啡厅,因为有点累了……结果刚好遇到熟人,所以就坐在一起聊了一会儿天。"

香子并没有说谎,只是说"刚好遇到"这几个字时有点心虚。

刑警当然问了那个熟人的名字。香子不希望因为这种事给对方造成困扰,但还是不得不说出高见的名字。听到香子说他是高见不动产的专务董事,两名刑警露出了和前一刻不同的眼神。

"牧村和你道别时,有没有说她等一下要去哪里?"

"她并没有说,我以为她会直接回家。"

"平时也都是这样吗?"

"通常都是这样。"

"不会去和男人约会吗？"芝田肆无忌惮地问。

香子从他说的"和男人约会"这句话中，察觉到他看不起公关的工作，所以故意冷冷地回答："我怎么知道？"芝田好像还想说什么的样子，但香子决定不理他。

"她有男朋友吗？"加藤语气温柔地问。

香子摇了摇头："我真的不清楚。虽然我们是朋友，但也只是在工作前经常聊天而已，很少私下相约见面。"

"这样啊。"加藤用小拇指搔着鼻头。

"牧村最近的情况怎么样？看起来有没有在为什么事情烦恼，或是经常坐着发呆？"

"这……"

香子觉得这个问题很难回答，因为任何人都会发呆。如果有人完全不发呆，那才有问题。

"嗯，应该和平时没什么两样。"

香子在思考后这么回答，刑警似懂非懂地点了点头。

"对了，我想再请教一下，班比公关公司的老板丸本久雄是怎样的人？"

"怎样……我记得他快四十岁了，脸很长，戴着眼镜，整天都油光满面的——"

"他的女性关系如何呢？"芝田着急地问。

"他很会拈花惹草。"香子回答道，"我们每个月都会上一次进修课，只有在那个时候才会看到老板。听说他每次都会搭讪女生，虽然他从来没有追过我。"

"他现在在和谁交往？"加藤问。

香子偏着头："我不知道，应该有交往对象吧？为什么要问我老板的事？"

"呃，这是因为——"加藤迟疑了一下，没有继续说，他看着身旁的芝田，芝田也转头看着别处，加藤将视线移回她的身上回答道，"因为是丸本老板发现了尸体。"

"老板？为什么老板会来这里？"

香子用一双大眼睛轮流看着两名刑警，因为平时老板不会来派对的会场。

"嗯，有各种理由吧。"加藤语带安抚地说，"总之，就是丸本老板和饭店的服务生发现的。"

"我可以请教一个问题吗？"

"请说。"

"绘里为什么又跑去二〇三号房？她才和我一起离开啊。"

"她又回来了。"加藤说，"她和你分开之后，又回到这里。"

"为什么？"香子想知道这件事的缘由。

加藤停顿一下才说：

"我们规定不能谈太多涉及隐私的问题。"

"你早晚会知道，"芝田说，"只是不方便由我们告诉你，就这样而已。"

加藤听了他的话后皱起了眉头。芝田说的似乎是实话。

"那我想再请教一个问题。绘里是自杀，还是被人杀害？"

"刚才说了,目前还不清楚,但在现阶段认为自杀的可能性比较大。"

"自杀?"

这时,她听到"啪嗒"的声音。香子惊讶地转头一看,发现芝田用手指弹着记事本。"啪嗒、啪嗒、啪嗒。"然后,芝田看着自己的指尖。

"呃……"加藤抓了抓五分头的头发,抱着双臂,"还有其他问题吗?"

他似乎在问芝田。芝田看着香子问:

"牧村的酒量怎么样?"

"酒量?这个嘛……"香子偏着头,"她的酒量不太好,大概只能喝一杯啤酒。"

"原来是这样。"芝田点头,看着加藤,"我没有其他问题了,反正之后应该还会见面。"

这句话听起来意味深长,但加藤点头同意:"那倒是。"

走出房间后,香子摇摇晃晃地走在走廊上,然后沿着楼梯来到大厅。正准备走向出口时,她的眼前突然一黑。

"听说警察正在向公关问话。噢,原来是你啊。"

他是"华屋"的"阿斗"西原健三,说话的声音好像是从香子的头顶钻出来的。香子基于本能露出笑容,但立刻又收回。

"西原先生,你还在这里啊?"

"对啊,我在顶楼的酒吧和客户一起喝酒。正准备去续摊,就遇上这个情况。警察要我拿出身份证明,真是伤脑筋。"

香子这才发现大厅里很混乱，警方可能正在清查所有客人的身份。

"情况怎么样？果然是谋杀案吗？"

香子瞪着健三说："我不知道。"

"是吗？对了，你家住哪里？我送你回去。"

"不，不用了。"

香子准备快步离去，健三却依旧死缠烂打。

"你不必客气，你听……"

这时，身穿深蓝色西装的佐竹突然出现在他们面前。香子吓了一跳，停下了脚步。

"常董，副董事长找你。"

"我哥？"健三露出了不耐烦的表情，"那就没办法了，我们下次再找机会。"

健三说完，就和佐竹一起走了回去。

香子走出饭店的玄关，一辆黑色Century（丰田世纪）轿车停在她面前。后方的车门打开了，高见俊介探出头说："上车吧，我送你回家。"

香子当然毫不犹豫地接受了他的好意。

"竟然发生了这么不幸的事，你现在的心情有没有稍微平静一些？"

"嗯，总算好些了。"

车子开出去时，香子回头看了饭店一眼，刚好看到班比公关公司的老板丸本久雄走出来。他驼着背，脸色很憔悴。

送香子到高圆寺的公寓的路上，高见几乎没有主动说话，只问她肚子饿不饿、明天有没有工作。香子没有食欲,明天当然还要工作。

"那就改天再联系。"临别时,他对香子说。

香子回到自己租的房子里,没有脱衣服就倒在床上,内心渐渐悲伤起来,但并不是因为失去了朋友。绘里是独自生活,自己也一样。香子觉得如果是自己死了,别人应该也会谈论同样的话题。没有人能了解自己。

她流下一行眼泪,脱了衣服,钻到床上,小声地哭了起来。

第二章

像低级小说般的死法

1

香子听到"叮咚"的门铃声响起。

昨天晚上哭着哭着就睡着了,难得睡眠很充足,但脑袋还是昏昏沉沉的。她懒洋洋地穿上休闲服,趿着拖鞋走向玄关,确认挂着门链后,她打开锁和房门。

"请问是哪位?"

"不好意思,我是刚搬到你隔壁的邻居,请问可以借用一下电话吗?"

香子听到年轻男人的声音。

"电话吗?"

香子揉了揉眼睛,看着对方的脸,不禁吃了一惊。她之前好像在哪里见过这个人,对他黝黑的皮肤印象特别深刻。

"啊!"对方叫了一声,"你不就是昨天的公关小姐吗?"

"哦哦,原来是昨天的刑警先生。你是……我忘了。"

"我叫芝田,你怎么会在这里?"

"我怎么会……"香子拨了拨头发,"我住在这里啊。"

"原来是这样。"芝田看看门牌后点了点头,"没错,的确写着小田。"

"你搬到我隔壁了吗?"

"对啊,真是太巧了。当刑警会遇到各式各样的人,原来还有这种情况，太厉害了。"芝田有点感动地说。

"有刑警住在隔壁，我就安心了，因为这里有时候会有可疑的男人出没，以后请多关照。"

"也请你多多关照。"

香子关上门，想着原来还有这么巧的事，回到床上。没想到立刻又听到了敲门声，香子又去开门。

"电话。"皮肤黝黑的芝田说。

"哦，对啊。"

她先关上门，松开门链后，请芝田进屋。电话放在厨房的吧台上，香子决定趁他打电话时泡杯咖啡。

芝田似乎是给分局打电话，说会晚到一小时。"我昨天和今天都休假，要搬家啊。结果昨天搬家搬到一半就被叫去了。对，家具都还没拆开……我当然也会有一两件家具啊。一小时、三十分钟根本没办法做任何事。我现在连睡觉的地方都没有。"当他交涉完，咖啡已经泡好了。

"真辛苦啊。"香子将咖啡端给芝田。

"啊，谢谢。对啊，那些人都搞不清楚情况。如果我不是大清早去办案，他们就觉得我没在工作——嗯，咖啡真好喝。"

香子端着咖啡，坐在地毯上。

"是因为昨天有案件发生，才会这么忙吗？"

"没错，但是我猜想很快就忙完了，应该会以自杀结案吧。"

"是自杀吗？"

"不清楚，但根据现场的情况来看，除了自杀，很难想象还有其他的可能。"

香子注视着咖啡杯中的液体。自己昨晚和高见在咖啡厅喝咖啡时，绘里到底发生了什么事？

"我问你，"香子说，"你们昨天不是有很多事没告诉我吗？现在仍然是秘密吗？"

"我不觉得需要隐瞒，你想知道什么？"

"全部，我想知道所有的事。"

"好啊，就当作对你咖啡的答谢。"芝田说完，喝完了咖啡，"你最后见到绘里小姐是在九点之前，对吧？你们在饭店的前台前道别。"

香子点了点头。

"但是，她在九点多时又回到饭店。听前台的工作人员说，那时候差不多是九点二十分。绘里说她是班比公关公司的人，有东西忘在二〇三号房，所以要借用一下钥匙——然后就拿走了钥匙。"

绘里说她忘了拿东西应该是说谎，因为她们临走时曾经仔细地检查了室内，没有发现遗漏什么东西。

"大约二十分钟后，一个男人去前台问，是不是有一个姓牧村的女人借走了二〇三号房的钥匙。那个男人就是你们公司的老板。"

"丸本……"

"没错。前台的工作人员说，的确是有一位牧村小姐借走了钥匙。但丸本说，他去敲了二〇三号房的门，没有人回应。前台的工作人员打电话去房间，也没有人接电话。于是，服务生就带着通用钥匙，和丸本一起去了房间。"

"他们进去房间后，发现绘里死了吗？"

"是这样,但他们去了以后却没法打开房间的门。"

香子皱着眉头,偏着头问:"怎么回事?"

"可以先给我一杯水吗?"

香子起身,在杯子里装水之后递给芝田。芝田喝完后,擦擦嘴说:"和你刚才开门时一样,他们用通用钥匙开门时,发现门链是挂着的。"

2

芝田接着说:

"既然挂着门链,就代表房间里有人。丸本透过门缝叫人,但仍然没有听到任何回应。他从门缝中张望,立刻大吃一惊,因为可以隐约看到牧村趴在桌上。丸本设法打开门链,却没成功,这也是理所当然的。这时,服务生带着总经理出现。总经理带来一把铁剪,丸本用铁剪剪断门链,打开门,这才发现牧村已经死了。"

香子缓缓地摇着头,把旁边的烟灰缸拉过来,从皮包里拿出骆驼牌香烟问芝田:"不介意吧?"芝田眨了一下眼睛代表同意。

香子用力吸了一口烟,这才觉得看事情的状态不太一样了。刚才听芝田说话时,她感觉好像在做梦,现在似乎慢慢能够接受这样的现实了。

"我这么说是为你好,"芝田说,"最好还是戒烟吧。真搞不懂年轻女生为什么要吸烟,吸烟只会加速老化。"

香子把烟吐向天花板，看着他问："你是禁烟派吗？"

"我对禁烟运动没有兴趣，只是觉得你很漂亮，没必要让自己变成吸烟丑八怪。"

"吸烟丑八怪？"

"吸烟会让皮肤变得粗糙，牙齿内侧变黑，头发都是烟味，还会有口臭。而且，吸烟和吐烟的时候表情很呆，连自己看了都会吓一跳。从鼻子里喷烟，然后被烟呛得脸皱成一团的样子，简直呆到极致。"

芝田皱着脸给香子看。

"呵呵，"香子轻轻地笑了，她探头看着芝田的眼睛说，"你的毒舌说得这么顺，好像事先练习过一样。好吧，我从今天开始努力戒烟。"香子把香烟在烟灰缸里按灭后，再度抬头看着芝田的脸问，"然后呢？"

"刚才说到哪里了？"

"说到他们进房，发现了绘里。"

"发现她之后，就打电话报警。筑地分局的刑警赶到之后，就联系了我们警视厅的人。"

"你那时候正在搬家。"

"对啊，我连装衣服的纸箱都来不及打开。"

芝田握着拳头，在吧台上捶了一下。

"绘里死的时候是什么样子？"香子问。

"就像这样，"芝田说完，把双臂放在吧台上，"趴在桌子上。"他把脸放在双臂上，"旁边有一个还剩下半瓶的啤酒瓶，杯子掉在地上。杯子里原本应该还有啤酒，因为地上都湿了。"

"杯子里有毒药吗？"

"应该有吧。"芝田回答。

香子回想起和绘里道别时的情景,她当时的确有点沉默。在派对之前,她们还在聊"华屋"的事,但派对结束后回到休息室,她几乎没有说话。难道她当时就下定决心要自杀吗?果真如此的话,到底又是为了什么?

香子想起另一件事。

"你还没有说丸本老板的事。为什么老板在找绘里?"

"因为他们有一腿。"

芝田很干脆地回答。

"有一腿?"

"就是丸本和牧村绘里,他们昨天晚上约好要见面。"

"怎么可能?你在开玩笑吗?"香子提高了音量,"绘里和老板?那简直比美女和野兽更糟啊。"

"但是,他们就是在一起了。丸本亲口说的,只是要求我们保密。昨天晚上,他们约好在作为休息室使用的二〇三号房约会,所以丸本去了那里。但敲了很久的门,都没有人回应,他才会去找前台。"

"你说他们在一起,是从什么时候开始的?"

"听说是最近,好像是一个月前。丸本说,是他主动约的牧村绘里。"

"真是难以相信……"香子双手摸着自己的脸颊。

"事实如此,也由不得你不信。"芝田看着手表站起来,"我所知道的都告诉你了。如果再耗下去,晚上我又没有地方睡觉了。"

"等一下,最后一个问题:除了自杀以外,真的没有其他可能吗?"

"所以啊,"芝田用食指揉了揉人中,"我刚才说过,房间是从内侧挂上门链的,这是认定她是自杀的关键。"

"动机呢?"

"虽然目前还不清楚……不过应该是感情纠纷吧?"

"感情纠纷?"

香子重复了一遍之后,发现这动机明显不符合绘里的个性,但男女之间可能就是这么一回事?

"那我先走了,谢谢你的咖啡,很好喝。"

芝田走向玄关,但走到一半就停下了脚步。他转过头看着香子说:

"不过,我并不完全确定是自杀。"

"嗯?"

"下次有机会再慢慢聊。"

芝田打开门后离去。

3

那天晚上的工作地点是在滨松町①的一家饭店。虽然香子很不想上班,但还是强打起精神,因为经常临时请假会被列入黑名单。而且,她觉得见到其他人,或许可以打听到什么消息。

休息室内气氛低迷,简直就像是守灵夜。虽然有二十个人,但没人闲聊,大家只是默默地换好衣服、化完妆,等待进入会场工作。负

---

① 后改为滨松市。

责业务的米泽也一脸严肃。

这一天的派对是不知道哪个学会的联欢会,参加的成员都是大学教授、副教授和厂商研究室的主管。几乎都是中老年男人,看起来很邋遢,一点都不好玩。但他们似乎很高兴有机会和年轻女生接触,都会装出一副熟络的样子过来搭讪。

终于撑过痛苦的两小时,回到休息室后,绫子走到香子身旁问:

"你有没有听说,绘里竟然和老板在一起?"

香子惊讶地看着她的脸问:"你听谁说的?"

"大家都知道啊,这件事情已经传开了。"

"是吗……"

香子感到很吃惊。难怪刑警说,即使他们不讲,大家迟早也会知道。

"绘里真是傻,竟然为那种男人自杀,其他男人多的是啊。"

绫子小声地继续说,报纸上也说很可能是自杀。

"但未必和老板的事有关啊。"

"你在说什么啊,绝对是因为和老板闹翻了,所以才会自杀。"

这时,绫子突然闭上了嘴,因为领班江崎洋子走了进来。洋子扫视了所有人后,缓缓地在椅子上坐下了。

过了一会儿,房间里的电话铃声突然响了起来。米泽接起电话说了几句,立刻看着洋子说:"江崎小姐,找你的。"

洋子一脸惊讶地接过电话,香子发现她神情立刻变得紧张。洋子小声回答"好、好"之后就挂上了电话。

离开饭店后,香子和绫子一起向车站走去。

"刚才的话还没说完。"

绫子似乎很想聊绘里的事，香子当然求之不得。

"绘里是因为三角关系才自杀的，我觉得她太傻了。"

"三角关系？"香子边走边将身体转向绫子的方向，"除了老板和绘里，还有谁啊？"

绫子突然停下脚步，撇着嘴角，然后四下张望着，压低声音说："你不知道吗？消息未免太不灵通了吧？"

"另一个人是谁啊？"

"领班啊。"

"啊？"

江崎洋子？

"他们在一起已经很久了。"绫子再度迈开步伐，"每次上完进修课，他们就会一起消失。你竟然不知道？"

香子默默地摇了摇头，她完全不知道。

"我只知道老板在上进修课时会去搭讪女生。"

"那是障眼法，你千万别被骗。"

"原来是这样啊……"

听绫子这么一说，香子觉得似乎有迹可循。只不过丸本并不是香子喜欢的类型，所以她从来没有想过这件事。

"但是，连我都不知道绘里和老板的事。"绫子用力拍着自己的头，好像做错了什么事似的，"我猜想老板和领班的关系匪浅，和绘里只是偷吃而已。可是绘里是真心的，结果就一时想不开自杀了。"

"绘里……我还是很难相信。"

"除此以外，根本没有其他可能啊。"

说话间，她们已经来到车站。她们要去往不同的方向，于是就挥手道别，搭上不同的电车。

香子站在电车上，怔怔地看着车窗外的夜景。绫子说的话是真的吗？或许有点夸张，但应该不是空穴来风。香子觉得如果绘里真的像绫子说的那样，死得像廉价小说的情节般，那就更悲哀了。

4

虽然两个当事人都没有察觉，但其实香子和芝田在刚才的饭店前曾擦肩而过。

芝田来饭店是为了向江崎洋子了解情况，江崎洋子刚才在休息室接到的电话就是他打的。

走进饭店的玄关，左侧是一家咖啡厅，他们约好在那里见面。芝田扫视了一下咖啡厅内，确认对方还没有到，就在附近的桌旁坐下。时钟指向八点半，咖啡厅里除了他以外，只有几个人。

他点了柠檬红茶，等待对方出现时，他回想起白天和丸本久雄见面的情景。白天的时候，他和加藤一起去了班比公关公司的办公室。

班比公关公司位于赤坂一栋大楼的五楼，公司里有二十名左右的员工，其中有几个人坐在计算机前。电话响个不停，有将近一半的员工都忙着接电话。

坐在窗边座位的丸本正在写东西。和昨天一脸憔悴的样子相比，他今天的气色看起来很不错，但看到芝田和加藤时，他还是显得不知所措。

办公室的角落里有个用帘子隔开的空间,他们被带到了那里。丸本向一名员工交代了几句,后来才知道是请他去端咖啡。

"有几件事想向你确认一下。"加藤开口道。

丸本紧张地点了点头。小田香子说得没错,他的脸很长,看起来很油腻,而且五官缺乏立体感,看起来就像是俗气的古代朝廷的官员。他今年三十七岁,可能是因为驼背,所以看起来比实际年龄更苍老。

"你从什么时候开始和牧村小姐交往?"

"关于这件事,我昨天不是已经说了吗?"丸本以不安的眼神看着两名刑警,"从一个月前开始,是我主动约她吃饭的。"

"在那之前,你们都没有来往?"加藤问。

"对。"

"你的交往对象就只有牧村吗?"

丸本心虚地转动着眼珠子。

"什么意思?"

"就是问你,除了她以外,还有没有和其他女性交往?"芝田在一旁问道。

丸本看了他一眼,然后又转头看着加藤。

"为什么要问这个?"

"因为今天上午,我们问了贵公司的几名公关。其中一个人告诉我们,你之前就有一个交往对象,而且对方一样是公关小姐。不过,她要求我们别追问那名公关是谁。"加藤说完之后,仔细地打量着丸本,"所以我们想直接来问你。那个人并不是牧村吧?"

丸本拿出手帕，擦了擦冒油的鼻子，眨了两三次眼睛。

"我并不是故意想隐瞒……"

然后，他就说出是江崎洋子，他说他们交往已经超过一年了。江崎洋子是公关的领班，他们经常有机会聊天，后来就在一起了。丸本目前还是单身，但并没有打算和江崎洋子结婚。

"牧村知道你和江崎的事吗？"芝田问。

丸本摇了摇头。

"我不知道。虽然我们并没有公开，但牧村可能察觉到了。"

"你打算怎么处理和牧村的事？只是玩玩而已吗？"

"不，我并不是玩玩而已，而是真心的。"

"所以你和江崎不是认真的？"

"不……"他把手帕在手上揉成一团，"我对她们两个人都是真心的。"

芝田和加藤互看了一眼，耸耸肩。加藤轻轻叹了口气。丸本可能察觉到了这种气氛，补充说道：

"但是，我知道这样下去不行，所以决定和她们两个人都分开，昨天正打算向绘里提分手。"

"哦，"加藤再次看着他，"你下了很大的决心啊。"

"因为这是唯一的办法。"

丸本垂下了头。

江崎洋子在晚上八点四十分准时出现。她身材苗条，一头黑色长发披在穿着黑色毛衣的肩上。芝田想起小田香子和死去的牧村绘里，觉得丸本可能专门挑选这种身材的公关。

"还有什么要问的吗？"

洋子冷冷地问，因为白天已经有其他刑警来向她调查过了。刑警回复说，洋子回答的内容和丸本所说的基本一致。洋子似乎知道了丸本招惹绘里这件事，认为他只是逢场作戏。

"只是向你确认一下你和丸本老板的事而已，有几个问题忘了问。"

芝田虽然这么说，但其实今天来这里是他的单独行为。

"什么问题？"洋子的态度仍然很冷淡。

"听说你知道丸本和牧村的事？"

"嗯。"她一脸严肃地扬起了下巴。

"你曾经就这个问题和丸本谈过吗？"

"谈？谈什么？"

"就是今后的事啊，你们没有为此争吵过吗？"

洋子呵呵地笑了，她从皮包里拿出烟。她缓缓地点上了烟，用力吸了一口之后，从鼻子里喷着烟。芝田心想，吸烟丑八怪。

"他有这毛病。"

"你说的他，是指丸本吧？他有什么毛病？"

"就是会拈花惹草，然后就一头栽进去。我想他和绘里应该也是这样。"

"你真冷静啊，"芝田看着她的眼睛说，"简直就像默许男友有外遇一样。"

洋子的指尖夹着香烟，再度发出"呵呵"的笑声。芝田以为她要说什么，但她什么都没说。

"丸本说,他打算和你,还有牧村都分手。"

"好像是,但他并没有提分手。"

"或许过几天就会说了。"

"可能吧,但这样也没关系。"

"这样也没关系……意思是即使分手也没关系吗?"

"对啊。"她叼着烟,若无其事地点了点头,"反正他过一阵子一定又会来找我,说希望可以复合。他就是这种人。"

洋子说完,撇着嘴角,吐着烟。

5

案发至今已经过去四天了。

这天晚上刚好休假,香子在家里听音乐。那天之后,报纸上没再报道绘里的事。绘里家里的人应该正在哪里举办葬礼,但香子甚至不知道谁来领走她的遗体。即使打电话去绘里的租处,也没有人接电话。住隔壁的刑警这一阵子都不在家。

晚上八点左右,香子听到隔壁开门的声音,然后门又被粗暴地关上了。芝田似乎回家了。

香子走出房间,按了芝田家的门铃。里面传来不耐烦的回答后,门开了。

"你好!"香子打完招呼后,立刻皱起了眉头,"你的脸好可怕。"

"这几天,我都一直住在分局。即使深夜回来,也没办法好好休息。"

香子探头张望，发现纸箱和纸袋都还堆在门口，他似乎仍然没有整理好。

"还没吃晚饭吗？"香子看到他手上拿着泡面，不禁问道。

他噘着嘴，无奈地说：

"这一阵子都吃这个，连我自己都觉得太省煤气费了。"

"真可怜。"

"如果辛苦有回报，还不会觉得可怜。"

"没有回报吗？"

芝田拿着泡面，无力地摇摇头。

"好吧，你要不要来我家？我请你吃晚饭，但你要把你掌握的情况告诉我。不过，我家只有多出来的意大利面。"

"我感动得快哭了，不过我掌握的情况价值可能远不如你的意大利面。"

芝田穿着运动裤和夹克来到香子家。在香子为芝田做蛤蜊意大利面时，他拿起放在一旁的卡拉扬指挥的唱片套。

"没想到你是古典乐迷。"他说。

"我现在才要成为乐迷。"香子说，"这是今天去唱片行租来的。"

"为什么突然想成为乐迷？"

"因为这是成为灰姑娘的条件，白马王子热爱古典音乐。"

"噢，原来是这样。"

芝田一脸无趣地把唱片套放了回去。

"为了让人看得上眼，要花不少工夫。你熟悉古典音乐吗？"

"一窍不通。"

"你平时都听什么音乐？你是刑警，都听演歌吗？"

"为什么刑警要听演歌？我通常都听年轻女歌手的摇滚，最喜欢'Princess Princess'这个摇滚乐团。"

"真是意外。"香子瞪大了眼睛，"不过，有这样的刑警也不错。让你久等了，意大利面好了。"她把盘子放在吧台上。

"哇，真是感谢。"

芝田高兴地在椅子上坐下，拿起叉子，大口开动起来。香子问他好不好吃，他塞着满嘴的面点头。一口气吃完一半后，他抬起头对香子说：

"那起事件应该会以自杀结案。"

香子在地毯上坐下，抬头看着他。

"有什么新进展吗？"

"嗯。"他喝了一口水，"我有没有告诉你毒药是氰化钾？目前已经查到了毒药的来源。牧村绘里的房间里有一个小瓶子，毒药就装在那里面。也就是说，现场发现的毒药是她自己准备的。"

"绘里为什么会有这种东西？"

香子噘着嘴问。

"这就是关键，据说她是从老家带来的。"

"老家？"

"你不知道吗？她老家在名古屋，就是以外郎糕和宽扁面出名的名古屋。"

名古屋——

香子完全不知道这件事，她和绘里从来没有聊过彼此的私事。

"她在两年半前来到东京,通过了皇家公关经纪公司的考试,成为公关。"

"我知道她之前在皇家。"

在公关派遣业界,皇家公关经纪公司是一家很有历史的公司,随时都有两百名左右的公关。所有人都经过严格的培训,录用时的门槛很高。所以,即使离开皇家公关公司自由接案,也不必担心没有生意。

绘里在三个月前从皇家公关公司来到目前这家公司。她当时说,是因为皇家公关公司要求太严格了,根本没有自己的时间。

"在案发的三天前,她回了一趟老家。据说就是那个时候回去拿了氰化钾。"

"回家拿……她老家是有电镀工厂之类的吗?"

正在吃意大利面的芝田听到香子这么说,不禁呛到。他慌忙喝水,转头看着她说:"你竟然知道电镀工厂需要用氰化钾。"

"电视上的推理剧不是经常这样演吗?说什么凶手从电镀工厂偷了氰化钾。"

芝田一脸无奈。

"电视的影响力真是太可怕了,但绘里家并不是开电镀工厂的,而是开米店的。"

"米店?"香子偏着头说道。

"几年前,店里的老鼠很猖獗,他们很伤脑筋。当时,她父亲有一个开汽车修理厂的朋友送了一点氰化钾,他们本想用来消灭老鼠,虽然做了毒饵放在老鼠出没的地方,但那些老鼠根本不屑一顾。当时剩下的氰化钾就被密封之后放在柜子里了。"

"结果绘里就拿走了？"

"应该就是这样。她爸爸听到氰化钾，立刻想到这件事，于是就去察看，发现瓶盖的确有被打开的痕迹。牧村在案发的三天前虽然曾回过一趟家，但并没有什么特别的事。现在回想起来，她应该就是回去拿毒药了。"

芝田吃完最后一根意大利面后放下叉子。

"原来是这样。"香子坐在地毯上，把脸埋进双膝，"那应该就是自杀。"

"但也有不同的意见。"

香子听到芝田这样说，便抬起头："不同的意见？所以不是自杀吗？"

"不，虽然以结果来说，还是自杀。只是她在回家拿毒药时，可能打算和对方同归于尽，但最后还是一个人自杀了——总之，有人认为是这样。"

"这是有力的见解？"

芝田想了一下后，点着头说：

"应该算有力吧。只不过无论她原本怎么想，都和警方没有太大的关系，关键在于这起案子有没有犯罪的可能性。"

"但你们认为没有这种可能吗？"

香子说这句话时，芝田旁边的电话铃声响了起来。香子在他旁边的椅子上坐下，接起电话，对方只"喂"了一声。可能是恶作剧电话，因此她没有报上自己的名字。

"喂？请问是小田小姐吗？"电话里传来一个男人的声音。香子听过这个声音。

"我就是。"

"我是高见,我们前几天才见过,你还记得我吗?"

香子立刻眉开眼笑。

"我当然记得,那天真不好意思。"

她的声音和语气突然改变,令坐在旁边的芝田目瞪口呆。

"我想履行那天的约定,我知道有一家不错的餐厅。你明天有空吗?"

"明天……吗?"

各种念头都浮现在香子的脑海中。明天有工作,如果请假的话,必须提前一周申请,再说今天已经休了假,临时请假会被公司列入黑名单,但她又不想错过这个机会。

"请问,大约几点?"香子问。

"嗯,我打算下午六点左右去接你。"

六点——这个时间绝对不行。正这么想的时候,她看到托着腮发呆的芝田,立刻想到了妙计。

"好,没问题。"

"是吗?太好了,那我六点去接你。"

香子挂上电话后,芝田问:"是'白马王子'打来的吗?"

"我要拜托你一件事。"香子用右手抓住芝田的膝盖,左手做出拜托的姿势说,"你明天可不可以打电话到我们公司,说晚上有事要问我,请公司给我批假?"

"啊?"芝田皱起了眉头,"我为什么要为你做这种事?"

"你也听到刚才的电话了吧?他是高见不动产的年轻专务董事。现在是我能不能把握幸福的关键时刻,你帮一下忙又不会怎样。"

"高见不动产?对方应该只是和你玩玩而已吧?"

"一开始只是玩玩而已也没关系,我会利用这个机会,像甲鱼一样咬住他不放。"

"甲鱼……"

"拜托啦,我们不是朋友吗?你刚才还吃了我的意大利面。"

香子发出带着鼻音的妩媚声音,摇着芝田的膝盖。

"真是拿你没办法,"芝田抓着头,"万一事情败露了怎么办?"

"不会啦,拜托。"

"真的不会被发现吗?"

"别担心,哇,太棒了!谢谢,真是太感谢你了!那我来泡咖啡表达感谢。"

香子去厨房烧热水,不禁高兴地哼着歌。

"你现在和刚才的表情也差太多了。"芝田说,"我不是在笑话你,你还是开心的模样比较好看。"

"谢谢,你有功劳。"香子笑着说,"我和绘里经常说,一定要嫁给有钱人,因为有钱总比没钱好太多了。"

"那当然。"芝田露出五味杂陈的表情。

"朋友死了,我还跑去约会似乎有点不地道,但如果我能把握住幸运的机会,相信绘里也会为我感到高兴的,对吧?"

"我不知道。"芝田把玩着刚才吃意大利面的叉子,叹着气说,"我认为她的死没这么简单。"

香子正把咖啡粉倒进滤纸中,她停下手上的动作,看着芝田,皱着眉头说:

"你上次也这么说……难道你觉得她不是自杀吗?"

"虽然我无法断定,但有几个疑问。"芝田握紧旁边的杯子说,"那个房间里有两个杯子,她用了其中的一个。但我仔细观察之后,发现另一个杯子也有点湿。这不就代表有另一个人使用过吗?"

"我们之前都在那个房间,可能有人用过杯子。"

"如果是你们用的,不是会在用过后就丢在那里吗?不会洗干净之后,又擦干吧?"

"……那倒是。"

"除此以外,绘里把氰化钾放在啤酒里喝下去这件事一样让我不解。你可以在这个杯子里装水吗?"

香子往杯子里倒了水,芝田指着装了水的杯子说:"假设现在有人想自杀,手上有毒药和饮料,那个人会怎么服毒?是把毒药倒进嘴里,然后用饮料吞下去,还是会把毒药倒进饮料里,和饮料一起喝?"

香子摊开双手,耸耸肩:"看个人喜好吧。"

"是啊,绘里选择把毒药倒进饮料里。"芝田做出把毒药倒进水中的动作,"接下来是重点,如果是你的话,你会在里面加多少氰化钾?"

"我怎么知道?因为我不知道致死量是多少,所以有多少就会加多少吧。"

"有道理,总之会把致死量的毒药加进饮料里,接下来就是问题了。"芝田拿起杯子问,"要怎么喝这杯水?是一口气喝完,还是小口小口慢慢喝?"

"当然是一口气喝完啊,慢慢喝不是更痛苦吗?"

"这样想的确比较合理。"芝田把杯子放在吧台上后继续说,"接下来就有一个疑问,也就是根据自杀者的心理,应该会挑选能够一口气喝完的饮料,所以我觉得绘里选择啤酒有点奇怪。因为之前听你说她的酒量并不是很好,差不多只能喝一杯啤酒。也就是说,对她来说,啤酒并不是容易入口的饮料。既然下定决心要自杀了,应该会用水或者果汁之类的饮料。"

香子听到芝田这么说,想象着绘里自杀时的情景。既然是临死前最后的饮料,选择她并不怎么喜欢的啤酒的确有点不太合理。

"但是,"她说,"也不能因为这样,就断言她不是自杀啊。可能是临死之前心血来潮,想喝啤酒。"

芝田摇了摇头。

"你竟然和我前辈说同样的话,没想到像你这种年轻女生,会和中年糟老头说相同的话,真是太有趣了——我有不同的意见。我不认为人在临死之前会心血来潮,人在要死的时候都会很保守。"

"但是……但是……"香子用拳头敲着自己的太阳穴,她向来不擅长有条理地表达意见,"对了,不是有门链的问题吗?只能从里面挂上门链,所以只能认为是绘里自己挂上了门链。"

"问题就在这里,"芝田说,"但我觉得一定有什么玄机。这可能是密室杀人。"

"密室?太好笑了。"

香子虽然这么说,但她并没有笑。

"早就有人笑我了,但我并没有放弃。"芝田喝完杯子里的水后起身,"好,我要回家好好想一想有什么玄机。"

芝田走向玄关时,香子叫住他:"啊,等一下。"他转过头,"明天的事拜托你喽,这关系到我的终身大事。"

芝田听了她的话,显得很无奈,随即重重地叹了口气说:

"女人真是太强大了。"

"晚安。"

"晚安。"

说完,他走出了房间。

第三章
传来啜泣声

1

第二天中午过后,芝田前往皇后饭店,去见发现尸体的饭店总经理。姓户仓的总经理是一个四十多岁、身材很瘦的男人。

"那起事件不是已经解决了吗?"

芝田能明显地感觉到户仓很不耐烦。

"还要再确认一下。"芝田说,"确认"这两个字真的很方便,"我可以再看一下现场吗?那个房间目前还没有使用吧?"

"虽说是这样……"户仓稍微想了一下,随即无奈地点头,"好吧,请跟我来。"

户仓从前台的工作人员那里拿了二〇三号房的钥匙后快步移动,芝田连忙跟上。

用钥匙打开二〇三号房的门锁后,户仓有些粗暴地推开了门。窗帘没拉开,室内很暗,床上仍然很乱。

"那天之后,没有人来打扫吧?"

"这个房间完全没有动。"

总经理轻轻眨了一下眼睛。

芝田打量着室内,小心谨慎地进房。戴上手套后,他拉开了窗帘。春天的阳光照了进来,可以看到空气中飘舞的灰尘。

芝田看向窗外。下方是马路,对面是一栋大楼,应该不可能从窗户离开，逃去其他地方。再说发现尸体时，窗户也是锁着的。

"听说当时是你和服务生一起发现尸体的？"

"是，要不要叫那个服务生一起过来？"

"麻烦你了。"

户仓板着脸走出房间，他的态度似乎表明随便芝田想怎么查都没关系。

户仓关上门时，门链发出"咔嗒，咔嗒"的声音。芝田走过去一看，发现被剪断的半条门链仍然挂在门上，摇晃时会发出声音。

芝田仔细检查门链的每个铁环。以前有人用铁钳夹断其中一个铁环，逃出室外之后，再把铁环连上去。但他检查了很久，仍然没有找到曾经被动过手脚的痕迹。

听到敲门声后，他打开门，发现户仓和服务生站在门外。服务生穿着以红色为基调的合身制服，看起来才二十出头。芝田记得在案发当天晚上曾经见过他，而且记得他姓森野。

"你和丸本先生一起来这个房间时，门链是挂着的吗？"

"没错。"姓森野的服务生回答。

芝田看着户仓说："门链绝对不可能在门外打开，对吗？"

"不可能。"户仓断言。

"所以，唯一的方法就是剪断门链吗？"

"是啊。当时，森野向我说明情况后，我就马上想到必须得剪断。虽然有些饭店会使用一些质量很差的门链，那种门只要用力一撞就能撞开，但我们的门链很安全，所以我毫不犹豫地带了铁剪过来。"

户仓得意地说，他似乎在强调饭店的高安全性。

"说到铁剪——你们饭店竟然还准备了这种东西。"

"因为啊，"户仓故弄玄虚地说，"难免会遇到类似的情况，就预备着以防万一。"

"原来是这样——可不可以请你说明一下剪断门链之后，进入房间的情况？"

"这些情况上次已经……"

"我想再了解一次。"

户仓听了芝田的话，故意大声叹了口气。

"我和丸本先生，还有森野一起走进房间，然后我们三个人都愣住了。过了一会儿，丸本先生说要报警，我就用那里的电话报了警。"

户仓指着放在两张床中间的电话说。

"你去了一楼吗？"芝田问森野。

"是的，因为客人说楼下可能还有班比公关公司的人，所以叫我去找一下……"

这么说，当时只有丸本和户仓两个人在房间里，而且户仓正在打电话。芝田看向浴室。凶手会不会躲在浴室，丸本让凶手逃走了呢？

"我想拜托你一件事，"芝田对户仓说，"可不可以请你像当时那样打电话？只要做出样子就可以。"

户仓一脸不耐烦地走到两张床中间，拿起了电话。芝田走到他旁边，然后对森野说："可以请你进浴室，然后稍微打开一条门缝走出来吗？"

森野点了点头，走进浴室。不一会儿，就听到他问："可以了吗？""可以了。"芝田回答。

只听到"咔嗒"一声，浴室的门缓缓打开了。

芝田有些失望。很遗憾，站在户仓的位置可以清楚地看到浴室有人走出来，而且当门打开时还会听到声音。无论如何，犯人都不可能做这么危险的事。

"可以了吗？"

户仓拿着电话，板着脸问道。

"可以了，谢谢。"芝田心不在焉地回答。

芝田觉得其中一定有什么诡计。古今中外，有许多密室诡计，只要使用其中一个，就绝对可以搞定这种程度的密室……

不过，一旦使用什么诡计，必定会留下痕迹，但这里没有任何痕迹。为什么？难道是不会留下任何痕迹的诡计吗？

痕迹？

芝田跑到门旁，然后看着门链。

"户仓先生，这里并没有被剪断的门链碎片，碎片去哪里了？"

"去哪里了？警方拿走了啊，他们说要调查。"

"噢……原来是这样。"

芝田点了一下头，然后又连续点了好几次。原来如此，原来如此，我知道了。原来是这么一回事，想得真周到啊——

凶手——不知道是丸本还是他的共犯，用铁钳或者其他工具剪断了门链的其中一个铁环，然后逃出去，之后再把铁环套回去。但这样会留下剪断的痕迹，所以在使用救援铁剪的时候，就刚好剪在原先被钳断的那个铁环的位置，就可以顺利消除痕迹了。而且，听说当时是丸本本人用铁剪剪断了门链。

只不过这个推理也有问题，因为必须事先了解这家饭店在遇到类似的情况时，一定会用铁剪来处理。

"户仓先生，你说贵饭店有铁剪备用，之前使用过吗？"

"有啊。"户仓回答，"差不多在半年前，因为客人到很晚仍然没有退房，打电话没有人接，派服务生去察看之后，发现客人在床上癫痫发作。当时，客人的房间挂着门链，就是用铁剪剪断门链的。"

"这件事有没有上新闻？"

"没有，事情并没有闹得很大。"

即使没有闹得很大，凶手还是有可能听说了传闻。

——如此一来，就可以解开密室的诡计了。

芝田摸着门链窃笑，或许有办法让自杀的说法站不住脚。

——等一下……

芝田突然想到一件事，他转头看向户仓问：

"你刚才说，剪断门链是唯一的方法，但不是可以用铁钳之类的工具弄断一个铁环吗？"

既然凶手是用这种方式离开的，他们当然也可以用这种方式进来。

户仓的回答出乎他的意料。

"虽然有可能，但反而更麻烦。"

"为什么？"

"虽然现在没看到，但门链外本来是套着皮革套的。如果要剪开一个铁环，就必须先把皮革套剪破。与其这么麻烦，还不如干脆一起剪断比较快。"

"皮革套?"芝田用空洞的眼神看着门链,"有这种东西吗?"

"应该也被警方拿走了。"

——怎么会这样?

如果有皮革套,就不可能钳断其中一个铁环离开了。

"所以……不可能有人进出……"

"我不是说了好几次吗?"户仓语带不满地说,"门链只能从内侧挂上,而且无法从外侧打开。"

2

门铃在下午六点整响起。香子把胸针别在胸前,最后检查了一下脸上的妆容后跑去玄关。

"你好!"

高见带着爽朗的笑容出现在她面前,深绿色的西装穿在他身上很好看。

"会不会来得太早了?"

"不会,你很准时。"

听到香子这么说,他露齿一笑。

他今天开的是丰田的 Soarer。香子坐在副驾驶座上,他握着方向盘,他们中间有一部白色的车用电话。

"我喜欢国产车,"他说,"虽然奔驰和沃尔沃不错,但我总觉得和日本的街道不太相称。当然，也有价格的原因。"

说完，他笑了起来，香子也跟着笑了。

他问香子，想吃法国料理还是意大利料理。香子回答说，想吃意大利料理。

"你喜欢意大利料理吗？"他问。

"我看了《玫瑰之名》之后，就爱上了意大利。"

"肖恩·康纳利演的，我也看过，那部电影很棒。"

香子以为会去青山一带，没想到高见开着 Soarer 行驶进世田谷区的住宅区。

香子正在纳闷这一带哪里有餐厅，高见就已经把车子驶入一个小型停车场。一下车，就看到一栋白色洋房的意大利餐厅。她一走进餐厅，就发现天花板很高，墙上挂着巨大的画作。香子猜想上面画的应该是意大利北部的古城。

餐厅内有十张正方形的桌子，只有两张桌子有客人。服务生把他们带到最深处的那张桌子。

"我听说这里的薄切海鲜很好吃。"

高见说完之后，问香子想吃什么。香子回答说，"你点就好"。因为一旦看了菜单，她就会犹豫不决，什么都想吃，而且她也不挑食。

高见点了几道菜和葡萄酒，香子不禁有点担心酒驾的问题。

"那件事有没有什么新发展？"

服务生离开后，高见问。哪件事？香子想了一下，立刻知道他在问绘里的事。

"我不是很清楚，好像很可能是自杀。"

"这样啊……"

香子发现高见露出凝望远方的眼神。高见察觉到香子在注视着自己,猛然回神,再度微笑。

"你当公关多久了?"

"大约……"香子偏着头回答,"三年。"

"你一直在目前这家公司吗?"

"不,一年前从其他公司跳槽过来,目前这家公司才刚成立一年半左右。"

服务生送酒上来,为他们倒了酒。干杯之后,高见只喝了一小口,香子终于放下心来。

"公司的老板是不是姓丸本?"

"是的。"香子点了点头,心想高见知道得真清楚,不知道是不是因为老板是尸体的发现者,报纸上刊登了丸本的名字。

"他在开这家公司之前是做什么的?"

香子摇头回答:"我不知道,老板怎么了吗?"

"没有,"高见喝了一口水,"我只是觉得开这种公司很有趣,很好奇你老板是怎样的人。"

"我觉得很无趣。"

"是吗?也许吧。"

开胃菜送上,谈话暂时停止。香子吃着牡蛎,观察着高见的表情,不禁思考,他今天约我吃饭的目的是什么?

高见在用餐期间都在聊古典音乐和古典芭蕾舞,对古典音乐临阵磨枪的香子暗自庆幸，只是没想到他对芭蕾舞也有兴趣。

"森下洋子实在太厉害了，不知道该说是已经达到巅峰状态，还是该说是出神入化。我之前去看了《天鹅湖》，简直叹为观止。第三幕的黑天鹅三十二圈挥鞭转，她脚尖的位置几乎都没有移动。"

只要遇到自己不了解的话题，香子向来都会面带微笑，点头附和。她脑袋里想着下次还要去买关于芭蕾舞的书。

在餐后喝意式浓缩咖啡时，高见再度提起了绘里一事。

"话说回来，上次的事真的太令人震惊了。就是在我们像这样喝完咖啡之后，发生了那样的事。"高见津津有味地喝了一口后，看着咖啡杯说，"那个女生是不是有什么烦恼？她有没有和你聊过什么？"

"不，她没有和我聊过。"

"这样啊，你认识她很久了吗？"

"三个月左右吧，"香子回答道，"她之前在一家名叫皇家公关的公司。"

香子说完后，又补充说，绘里觉得皇家公关公司要求太严格就辞职了，而且她是名古屋人。

"名古屋啊，果然……"

高见说漏了嘴，香子看着他的脸问："果然什么？"

"不，那个……我记得在报纸上看到这样说。"

说完，他又喝了口咖啡。

他们吃完晚餐，走出餐厅时，高见把车钥匙交给香子。

"不好意思，你可以先上车吗？我去向店长打声招呼，马上就回来。"

香子坐在 Soarer 的副驾驶座上，用力深呼吸。虽然吃得很饱，但她并没有满足感，可能是因为有一件事让她耿耿于怀。

高见为什么这么关心绘里的死？照理说，这件事和他没有任何关系。还是只是自己想太多了，他只是想聊刚好在最近发生的共同话题？但在吃饭时聊自杀的事未免太奇怪了。

正当香子想着这些事时，旁边的电话突然响了起来。香子吓得跳了起来。

高见还没有回来。

香子不满地看着电话，觉得对方不该在这种时候打电话来。

——但是……

如果是他的家人打来的怎么办？如果他的家人得知香子在一旁却没有接电话，可能会觉得她很愚笨，然后觉得这么笨的女生没资格嫁给俊介……

电话还在响。

香子鼓起勇气接起电话，反正只是接一通电话而已。

"喂？"她对着电话说。

"……"对方没有回应。

"呃，高见先生目前——"

说到这里时，她听到了什么声音。是声音，还是动静？香子把电话用力压在耳朵上。

那是啜泣声。有人在电话的另一端哭泣，那个声音听起来似乎深

· 59 ·

深陷入了悲伤。

但是，下一个瞬间，啜泣声变成了笑声。奇怪的笑声听起来很不正常，而且似乎带着点暗黑。

香子粗暴地挂上了电话，浑身起了鸡皮疙瘩。她的心跳加速，呼吸急促。她知道自己的脸色也发白了。

——这是怎么回事？

香子注视着白色的电话，摸着自己的手臂。虽然并不冷，但她觉得浑身的血液都冰冷下来。

这时，她听到"咚咚"的声音，不禁轻声尖叫起来。转头一看，是高见正在敲车窗。她松了一口气，打开车门的门锁。

"不好意思。"他坐上车，"这家餐厅很不错吧？价格也不贵……我的脸上有什么东西吗？"

"不，"香子摇了摇头，"谢谢款待。"

"下次我们去吃法国菜吧，我寄放了一瓶不错的酒——"

他的话说到一半就中断了，因为电话再度响起。他立刻接起电话，放在耳边。

"我是高见。"

香子发现他的表情瞬间变得凝重。她确信，就是刚才那个人打来的。

"是我。"高见说，"晚安。"

他只说了这几句话，然后若无其事地挂上电话，发动引擎。当他放下刹车时，好像突然想到什么似的看着香子问：

"你刚才……接电话了吗？"

他的声音很低沉。

"没有。"香子摇了摇头,但她演得太差了,连自己都觉得很拙劣。

高见看向前方,缓缓驶离,迟迟没有开口。

3

香子看着路上来来往往的车辆,思考着刚才那通电话。到底是怎么回事?但她无法问出口,因为高见的表情让她觉得不该发问。

"希望下次还可以再见面。"

抵达香子的公寓时,高见这么说。为了什么目的?香子很想这么问,但还是忍住了。目的是什么不重要,只要持续见面,就会有机会。

"改天请你尝尝我的手艺。"

香子鼓起勇气说,但其实她对厨艺并没有自信。

"太让人期待了。"高见笑着说,但随即正色道,"我是说真的,我们下次再约见面。"

他们握手道别。香子目送 Soarer 的车尾灯远去后,走向自己的房间。

回家之前,她敲了敲芝田的房门。门内传来一个粗犷、冷淡的声音,然后门开了。

"约会还顺利吗?"他一看到香子,就劈头问道。

"算是胜负未定。"香子先说了这句有点莫名其妙的话,又接着说,

"今天很不好意思，但真的谢谢你，我只是想道谢。"

"谢谢你专程来道谢。"

"你似乎还没整理好。"

香子伸长脖子，向屋内张望。房间里堆了很多东西，但音响已经放好，屋内传来音乐声，果真是 Princess Princess 的歌。

"可以进去吗？"

"可以啊，至少还有坐的地方。"

香子走进屋内，发现还真的只有"坐的地方"。打开的纸箱堆满了房间，流理台上全是碗盘，垃圾桶塞满了泡面的空碗。

"这些东西有整理好的一天吗？"

香子选了一个看起来比较干净的纸箱坐下。

"你别这么说，我也很着急啊。"

芝田走进厨房，打开冰箱，拿出两罐啤酒，然后推开纸箱，走到香子面前，把其中一罐啤酒递给她。

"谢谢。"香子对他说。

"我今天去了你的公司。"芝田打开拉环。

"哎哟，你还特地跑一趟？"

"我怎么可能为了帮你翘班做这种事？我是去向其他员工打听丸本的风评。"

"所以，你在怀疑我老板？"

"怀疑发现尸体的人是原则。然后，我发现两件奇怪的事。"

"什么事？"

"第一，没有人知道丸本和绘里交往的事，但大家都知道丸本和江崎洋子在一起。"

"可能因为他们交往的时间还很短？"

香子喝了一大口啤酒，刚才在吃意大利料理时，她就很想喝啤酒。

"可以这么认为，但我还是觉得有点问题。另一件事是关于丸本的老家，他是名古屋人。"

香子差一点把啤酒喷出来："又是名古屋？"

"没错，又是名古屋。"芝田举起啤酒，露齿一笑，"绘里是名古屋人，丸本也是名古屋人。我认为绝对不是巧合，其中必有蹊跷。"

"有什么蹊跷？"

"这还不知道，所以要去调查看看。"他喝了口啤酒，"我明天休假，要去名古屋，打算去绘里的老家。"

"绘里的老家……"

香子突然想起了高见的事。他很在意绘里的事，对绘里的老家在名古屋一事也很有兴趣。

"你听我说，"她说，"我也一起去。"

芝田把啤酒喷了出来："你为什么要去？"

"我去又有什么关系？我没能参加绘里的葬礼，至少要去上炷香。而且，有我在的话，她的家人应该比较愿意开口。"

"又要翘班吗？"

"这件事你不必担心，明天刚好没有工作。那就一言为定。"

"真是够了。"芝田苦笑起来，"好吧，反正有女士相陪的旅行也比较开心。"

香子跷着二郎腿，托着腮"呵呵"地笑了。

"你真老实，我欣赏你。"

"谢谢。"他说。

这天晚上，香子做了噩梦。她梦见自己被拉进很深的黑暗中，她在黑暗中又听到了那个啜泣声。

4

第二天早晨，香子和芝田七点就在东京车站搭上新干线。虽然他们买了自由席的车票，不过还是有空位可以坐在一起。新干线一发车，香子就睡着了，她昨晚一整晚都没睡好。

当她醒来时，刚好看到窗外的富士山。今天是晴天，蓝色天空下的富士山美得刺眼。

芝田闭着眼睛听随身听，脚打着节拍，显然并没有睡着。可能听到了香子窸窸窣窣的动静，他缓缓睁开眼睛。

"你还可以再睡一会儿。"

"你在听什么？"

"提芬妮的歌。"

"我也想听。"

芝田把耳机拿下来，为香子戴上。

他从上衣内侧口袋里拿出一个小型记事本，并不是警察证。翻开的那一页上画了什么？她仔细一看，是皇后饭店房间的示意图和门链的图。

下了新干线,两个人走出验票口时刚好九点。一走出验票口,他们就看到一幅巨大的壁画,许多人站在壁画前等人。

"接下来要怎么办?"香子问。

"我们要搭地铁,去名叫一社的车站。"

地铁车站有点远,而且很拥挤。香子觉得无论哪里的地铁都一样。

走出一社车站,芝田就拿了一张小型地图,一边看着,一边往北走。香子问他,这里到底是哪里,他回答说是名东区。她点了点头,但即使听了地名,还是完全不知道自己所在的位置。

绘里的老家离一社车站有点远。她家的马路旁是停车场,停车场后方才是她家的店面。右侧是书报摊,左侧是一家咖啡店。

香子和芝田走进店内,正在顾店的绘里的父亲显得很高兴。他一头白发,看起来很和善,还去后面叫绘里的母亲出来。

香子和芝田自我介绍后,听到香子说是绘里的同事,夫妻二人很开心,但得知芝田是刑警就显得有些紧张,芝田不得不一再强调今天是私人行程。

他们跟着绘里的父母来到佛坛前,为绘里上香。绘里的父母不停地打听绘里的情况。她的生活怎么样?有没有什么烦恼?他们似乎也想不透绘里为什么会自杀。

"绘里是从这里的短大英语系毕业的,对吗?"芝田问。

绘里的父母点点头。

"她毕业之后做的什么工作?"

"她在补习班当英语老师。"绘里的母亲回答,"一直到三年前。"

"她为什么决定去东京呢?"

夫妇二人听了芝田的问题,互看了一眼,有些不知所措。香子觉得他们明显有点慌乱。

"这个嘛,"绘里的父亲偏着头说,"年轻女生都会想去东京看看吧。"

"原来是这样。"

香子和芝田对望了一下,芝田向她使了一个眼色。

"我可以看一下绘里的房间吗?"

香子问。

"没问题,没问题。"绘里的母亲站起身来。

绘里的房间在二楼,面朝南方,差不多三坪①大,放着书桌和衣柜,房间应该还保持着她学生时代的样子。

"不久之前,她回家的时候还很有精神,为什么会发生那种事?"

绘里的母亲似乎悲从中来,擦拭着眼角。

香子看着墙壁上的海报和书桌上的书,芝田翻开了相簿。

楼下传来叫声,绘里的母亲下了楼。芝田立刻把相簿递到香子面前说:"你看一下这个。"相簿中的绘里比香子所认识的绘里稍微年轻一点,化妆的方式不太一样,也比较胖。

"好可爱,害得我又想哭了。"

"你可以哭,但先看看这些,有些细长形的照片是不是很不自然?

---

① 1 坪 ≈ 3.3 平方米。

这是事后裁剪过的。"

听芝田这么说，香子才发现好几张照片都有裁剪的痕迹。

"你看最近的这一页，每张照片上都只有绘里一个人。准确地说，是除了绘里以外的人都被剪掉了，而且切口都还很新。"

"这是怎么回事？"

"这还用问吗？原本是她和她男朋友的合影，但她的父母不希望她的男友留下来，于是就剪下来丢掉了。"

"他们讨厌绘里的男朋友吗？"

"不知道，有可能。"

楼梯上响起了脚步声，芝田把相簿放回书架。绘里的母亲说："茶准备好了。"于是，他们一起下楼。

香子和芝田喝了茶，和绘里的父母聊了一些无关痛痒的话题之后就决定告辞。这时，绘里的哥哥规之外出送货刚好回来。规之的个子很高，胡子很密，笑的时候看起来很亲切。

规之说要送他们到名古屋车站，香子和芝田决定接受他的好意。他的车子是速霸陆休旅车。规之笑着说，这辆车也用来送货。芝田坐在副驾驶座上，香子坐在后车座。

"我爸妈是不是很高兴？他们很关心绘里在东京过着怎样的生活。"规之说。

"但他们并没有告诉我们，绘里为什么去了东京。"芝田明确地说道。

规之立刻陷入了沉默。

"和绘里的男朋友有关吗？"

规之停顿了一下后问:"你为什么这么认为?"

"因为刚才我看过相簿,发现绘里的男朋友全都被剪掉了。"

规之用鼻子哼了一声。

"我之前就告诉他们,不要做这种无聊的事,因为别人看了反而会觉得奇怪,但我爸妈似乎无法忍受那个男人的照片还留在那里……"

"可以请你告诉我们是怎么回事吗?"芝田看着规之的侧脸问。

规之默默地握着方向盘,过了一会儿才说:

"那个人是个未来的画家。真不知道他有什么好,反正绘里迷上了他,说要和他结婚。但我爸妈都反对。"

"那个人怎么了?"

规之再度陷入沉默,这次的沉默持续了很久,芝田和香子都耐心地等待他开口。最后,他说:"那个人死了。"

"啊?"芝田和香子同时惊叫起来。

"他死了。"规之说,"绘里很受打击……因为想忘记他才去了东京——原谅我只能说到这里,我没办法再多说什么。"

"他是怎么死的?生病吗?"

芝田问,但规之没有再回答。

下了规之的车后,芝田走向出租车站。

"要去哪里?"

"跟我来就知道了。"

他们一坐上车,芝田就对司机说:"你知道鹤舞公园的进步补习班在哪里吗?"司机问他,是不是在车站北侧的那家补习班。芝田说:

"应该是。"

"那里就是绘里之前工作的地方吗?"香子问。

"她的书桌上有进步补习班的垫板,我猜想她以前应该就在这家补习班上班。"

"不愧是刑警。"

香子感到很佩服。

出租车在一条车流量很大的路上停了下来。道路两旁都是大楼,其中一栋大楼上挂着"进步补习班"的大招牌。

补习班的大楼里静悄悄的,让人不敢大声呼吸。进门右侧是玻璃墙隔起的办公室,后方是教室,目前正在上课。

在芝田向事务员打听时,香子拿起简介开始看。这个补习班分小学班、中学班、高中班和复读班,上课内容似乎很严格。绘里能够在这里当讲师,代表她的英语能力很强吧。毕竟只要英语好,还姿色端丽,马上就可以成为公关。

芝田走回来。

"和绘里很熟的人正在上课,三十分钟后才下课,我们等她一下。"

"那我们去散步?"香子提议,"我想去鹤舞公园走一走。"

"去公园之前,先吃午餐,马路对面有一家宽扁面的店。"

"你看得真仔细。"

"今天一直被你称赞啊。"

那家店外观仿造传统日式风格,门口有水车在转动。因为还不到午餐时间,所以店内没有太多客人。他们在四人座的餐桌前面对面坐下,分别点了宽扁面和宽扁面定食,定食多了一碗什锦炊饭。

"你觉得怎么样?"香子问。

"什么怎么样?"

"就是绘里男朋友的事,规之刚才说的内容无法解释绘里的父母为什么那么讨厌绘里的男朋友。而且,规之不肯透露绘里男朋友的死因,你不觉得很奇怪吗?"

"的确很奇怪。"

芝田拿着牙签,在桌子上写字。

"会不会生了什么奇怪的病?"香子说了突然想到的可能性。

"什么奇怪的病?"芝田抬起头。

"说不上来。"香子拿起茶杯喝茶,茶很好喝。

"应该不是病死。如果是这样,只要说病故就好,而且可以随便编一种病出来。"

"有道理——我问你,警方没有调查绘里在这里的情况吗?"

"没有仔细调查。目前,这起案子的侦查重点在她和丸本的关系上,警方对她以前在名古屋的生活并没有太大兴趣。"

香子猜想,警方本就认为绘里是自杀,应该更不打算调查了。

"哦,终于来了,我已经快饿晕了。"

芝田看着送上来的宽扁面定食,眉开眼笑地说。

回到进步补习班,他们在会客室见到了名叫富井顺子的讲师。顺子年约三十岁,看起来不太像讲师,更像是温和的家庭主妇。她已经得知绘里的死讯,据说是爱知县的刑警告诉她的。

"他们问我最近有没有和牧村见过面。我回答说,自从她离开补习班后，我们都没有见面，也没有联系。"

"事实就是这样吗？"芝田问。

"对。"顺子语气坚定地回答，声音很响亮。

"我们想打听一下牧村男朋友的事。她之前在这里时，不是有男朋友吗？"

顺子低头犹豫着，眨了眨眼睛。

"那个人想当画家来着，"芝田说，"但听说绘里的父母反对。"

顺子终于抬起双眼说："我不太了解详细情况，但的确听说她在和这样的人交往。"

"他叫什么名字？"

顺子犹豫了一下说："好像是姓伊濑（I-se）……"

"伊势（I-se）？伊势志摩的伊势吗？"

"不是，是伊势的伊，濑户的濑。"

伊濑。芝田用手指在桌子上写着这个姓氏。

"听说他死了？"

"嗯……"顺子点了点头，然后看着芝田，"请问……你不记得吗？当时报纸上用很大的篇幅报道……"

"报纸？"芝田惊讶地问，"那个人做了什么？"

顺子用力深呼吸后看看芝田，又看看香子。

"他自杀了，还留下遗书说他杀了人……"

"杀人？"芝田问完之后"啊"了一声。

"没错，"富井顺子说，"就是高见不动产董事长被杀一案，这个伊濑就是凶手。"

· 71 ·

# 第四章
建立共同战线

1

和芝田一起去名古屋的第二天,香子来到赤坂皇后饭店工作。这家饭店和之前发生命案的银座皇后饭店属于同一个集团的连锁饭店。

那天晚上是某超市老板六十大寿的生日派对,听起来应该是没什么意思的派对。

"主办人要求董事长周围随时要有几位公关。"香子和其他人在休息室待命时,负责业务的眼镜男米泽对着众人说道,"其他就每个人负责一桌,虽然后面有几张桌子,但那些都是普通的员工,最多只是股长而已,所以不需要公关相陪。即使他们的杯子空了,也不必为他们倒酒。如果有年轻的员工来搭讪,就请马上告诉江崎小姐。今天一样请各位好好加油!"

这场派对有大约两百个人参加,但只有二十名公关,而且其中有几个人还必须陪在那个长得像斗牛犬的董事长身旁,因此香子和其他人都必须同时为十几个人服务。所有参加派对的人都是四十多岁的中年男子,有些人会不怀好意地来搭讪。遇到这种情况,公关必须面带笑容,巧妙地敷衍过去。

不时有年轻的员工来到香子和其他人身旁,通常都是问一些无聊的问题。有不少人乍看之下还算英俊帅气,可能他们对自己的长相颇有自信,以为只要不经意地攀谈几句,公关就会被他们吸引。

每次有年轻的员工来搭讪，江崎洋子就会走过来，确认那些年轻的员工是否在骚扰她们。这些年轻的员工在派对上的表现应该会被整理后向他们的公司报告，成为他们在公司外品行评定的参考。上班族真是太辛苦了。

没有人来纠缠香子，因此她如实地告诉了江崎洋子。即使真的有人来搭讪，她也不想做这种好像告密一样的事。更何况香子对这些低收入的上班族根本没有兴趣，只是随便敷衍过去。她现在满脑子都想着高见俊介。

但是——香子停下正在把料理装盘的手，陷入了沉思。俊介真的和绘里的死没有关系吗？

她想起昨天在名古屋听说的事。

牧村绘里三年前住在名古屋，她的男朋友是一名叫伊濑耕一的年轻画家，没想到伊濑杀了人后自杀了。

绘里是在那之后来到东京的，很可能是为了摆脱那起事件对她造成的打击。

问题在于伊濑杀害的对象，竟然是高见不动产当时的董事长高见雄太郎。高见不动产的总公司在东京，但雄太郎的老家在名古屋。

香子对高见雄太郎被杀一事几乎一无所知，但芝田似乎略知一二。在回程的新干线上，他独自思考着。即使香子问他，他也只是心不在焉地回应。

今天早上，香子去美容院做头发时顺路去了中野图书馆。为了调查三年前的事件，她翻阅了大量的报纸缩印版后，终于了解了以下情况。

三年前的秋天，有人发现一辆黑色奔驰车被弃置在爱知县爱知郡长久手町的马路旁。调查车号后，发现是日前失踪的高见不动产董事长高见雄太郎的座驾。警方在附近展开了搜索，在离车子两百米的草丛里发现了雄太郎的尸体。尸体穿着深灰色西装，身上有打斗的痕迹。推测死亡时间是在前一天晚上十点到十二点，死因是扼杀。在他倒在地上时，有人从正面掐死了他。

除了皮夹不见以外，没有发现其他贵重物品失窃。他的劳力士表和奔驰车钥匙，以及放在车内的名牌打火机都未被拿走，皮夹中应该有二十万日元左右的现金和两张信用卡。

爱知县警立刻展开侦查，可惜无法找到目击证人。因为现场周围全是山和农田，几乎没有民宅。虽然有很多辆车经过，但很少有人会走路经过，而且案发的时间很晚。

随着侦查工作的进行，警方发现许多匪夷所思的事证。首先是高见雄太郎的行为。没有人知道他为什么在案发当晚会去那里。按照他的行程表，根本不需要经过长久手町。

高见雄太郎是不是约了人在现场见面——办案人员如此推测，却完全不知道他可能和谁见面，相关人员都说不知道。

案情可能会陷入胶着——当时的报道透露出这样的信息。

没想到两天后，案情急转直下，警方很快顺利破案。住在千种区公寓内的一名年轻男子上吊自杀，他就是杀害高见雄太郎的凶手。男人名叫伊濑耕一，他留下遗书，坦陈是自己杀了高见雄太郎，但完全没有提及犯案的动机等详细说明。在他的房间内发现了高见雄太郎的皮夹，里面的东西都还在。

爱知县警展开搜证后，确认伊濑的确是凶手。案发当天晚上，他从租车行租了车，行车距离和往返命案现场的距离一致。而且，他当天晚上没有不在场证明。

但是，直到最后，警方都始终无法了解一件事，那就是伊濑和高见雄太郎到底有什么关系？无论如何都查不出他们之间的交集，最后猜测是手头拮据的伊濑想到了租车抢劫，刚好选中了雄太郎。这样的结论当然难以令人信服。

"你在发什么呆？"

香子听到有人在耳边说话，猛然回过神，发现江崎洋子正在用可怕的表情瞪着她。

"怎么了？你不好好做事，我会很伤脑筋。"

香子缩着脖子。

"对不起，我在想事情……"

说完，她走向客人聚集的餐桌，这种时候要赶快溜走。

但是，在为客人倒啤酒时，香子不禁又陷入了沉思。她真的很在意这件事。

——问题在于，这一切到底是不是巧合？

香子正在思考绘里的死和高见俊介的关系。绘里以前的男友是杀害高见雄太郎的凶手，俊介是高见不动产的专务董事。他们的姓氏相同，应该有血缘关系。也许他是高见雄太郎的儿子，而且俊介刚好在绘里遇害的现场——

这很难说是巧合。芝田显然也认为其中一定有什么关系。最好的证明，就是他昨天的态度突然变得很冷淡。

——如果不是巧合……

俊介可能是基于什么目的而接近自己的。香子思考着。

2

高见不动产的总部位于银座五丁目。香子上班时，芝田正坐在高见不动产总公司对面的咖啡店里，等待着高见俊介。白天的时候，他已和高见俊介约好了见面的时间。原本以为高见俊介很忙，能在公司的会客室聊十分钟就该庆幸了，没想到高见主动提出，晚上如果方便的话，可以慢慢地聊。芝田对此感到很意外。

——三十多岁就成为不动产公司的专务董事。

芝田抬头看着耸立在夜空中的高楼，无力地叹气。俊介是高见不动产目前的董事长高见康司的儿子，康司是雄太郎的弟弟。虽然可以说俊介是天生好命，但芝田在大致调查俊介的学历和资历之后，觉得他的确具备精英的资质。

——难怪她会对他着迷。

芝田想起小田香子脸上令人联想到猫的无辜表情。昨天，在回程的新干线上，她似乎很关心高见俊介和这起事件的关系。既然牧村绘里是杀害高见雄太郎凶手的女友,她当然会很在意。芝田也同样在意,所以今天晚上才会来和高见俊介见面。

只不过,芝田向上司报告这些情况后,上司的反应并不如预期。上司首先抱怨他利用休假擅自行动,说什么应该在采取行动之前先请示,侦查工作必须是团队行动。如果真的请示了,绝对会被否决吧——但芝田并没有把这句话说出口。

组长起初对牧村绘里的男友就是杀害高见雄太郎的伊濑耕一这件事没有太大的兴趣,他说这只是巧合而已。高见不动产这几年成长得很迅速,积极参加各种活动,因此高见专务董事参加那场派对也很正常。更何况牧村绘里就是自杀,绝对没错。

但是,芝田坚持己见,说打算调查高见俊介。如果调查之后,没有找到任何线索,他就会放弃。组长皱着眉头说,真拿他没办法,但不会派人支援,还说小心不要调查过头,被人投诉。"我知道。"芝田很有精神地回答。

晚上七点整,一个身穿深绿色西装的男人走了进来。他巡视店内,看到芝田的衣服后,有些紧张地走过来。芝田穿着茶色人字纹的粗呢上衣,这是他们约定好的。

在两个人自我介绍的空当,服务生来到桌边。高见点了一杯卡布奇诺,芝田又续了一杯可可。

"请问,找我有什么事?我看报纸,说那个女生是自杀?"

高见以试探的眼神看着芝田。芝田在电话里告诉他,想请教他关于公关绘里死亡的问题。

"不是什么重要的事,只是向你确认几件事。警方认为她是自杀的看法并没有改变,至少目前是这样。"

"目前?"

高见一脸惊讶,芝田没有理会他,继续问道:

"请问,那天是你第几次参加'华屋'的派对?"

"第三次。"高见回答,"第一次是去年春天,第二次是秋天,然后就是这一次。"

"原来是这样,你和'华屋'是有工作上的来往吗?"

"他们开横滨分店时,我曾帮了一点忙,之后就开始来往。"

服务生送上卡布奇诺和可可,他们暂停交谈了一会儿。

"关于自杀的公关小姐,"芝田喝了一口可可后抬头,"你在派对上有没有和她聊过天?"

"没有。"

原本正在喝咖啡的高见抬起头,然后轻轻地摇了摇头。

芝田猜想他应该没有说谎。香子曾经告诉芝田,高见和绘里并没有接触,因为香子在派对上一直注意着高见的举动。

"我可以请教一个问题吗?"高见问,芝田默默地点了点头,"你为什么来找我?虽说是相关人员,但我只是参加了派对而已,和她之间的关系微乎其微。"

他的语气中略带嘲讽,但并没有特别不高兴。

芝田打算试探一下他。

"我们正在调查牧村绘里的自杀动机,发现一件奇怪的事,她以前的男朋友竟然是伊濑耕一。你应该知道伊濑耕一吧?"

"不知道,"高见微微偏着头,"他是歌手或是艺人吗?"

他在演戏。芝田凭直觉这么认为。高见明明知道,却故意装糊涂。

"你不记得吗?伊濑耕一就是杀害高见雄太郎的凶手。"

高见故作惊讶地张着嘴,重重地点了几次头。

"原来是他,我记得。没错,的确叫伊濑什么的。那位小姐是他的女朋友吗?"

"都是以前的事了。所以我们猜想,她会不会是想在派对上接近你,看来并没有这回事。"

"对,并没有。"高见语气坚定地回答后自言自语道,"原来是这样啊,是她啊,真是太巧了。"他轮廓很深的脸上露出凝重的表情。芝田觉得他的确比自己帅多了,感觉有点理解香子的心情了。

"请问,那起案件发生时,你人在哪里?"

"那起案件?你是说我伯父被杀的时候吗?"

"是。"

"当然在这里。"高见回答后问,"我伯父的案子和那位公关的自杀有什么关系吗?"

"还不清楚,"芝田说,"我们只是确认一下。刑警的工作就是对所有的事都要调查确认。"

"原来是这样。"

高见拿起杯子,喝了剩下的卡布奇诺。芝田看到他喝完后问:

"听说牧村绘里自杀时,你还在饭店里?"

"我在大厅和客户谈生意。"高见放下杯子时说,"需要对方的联系方式吗?"

"如果方便的话。"

芝田说完，高见就从西装内侧的口袋里拿出一个像卡片式计算机的东西。他用力按下按键后，液晶面板上便出现了文字。他把文字转向芝田，上面是姓名和联系方式。那似乎是最近流行的电子通信录。

"真方便啊。"芝田在称赞的同时，把姓名和联系方式抄在自己的记事本上，"可以记录数百、数千条资料吧？"

"是啊，但实际上用不到那么多。"高见确认芝田已经抄完后，把电子通信录放回口袋，"还有其他问题吗？"

"不，这样就行了，谢谢你。"

芝田鞠躬，拿起账单准备站起来，但高见阻止了他："啊，等一下。警方已经认定她是自杀了吗？你刚才说，目前这么认为。"

高见表情严肃，芝田有点心虚地移开视线，但随即再度看着他，耸肩说：

"我刚才说了……目前认为是自杀，如果有新的证据出现，当然就另当别论了。"

"这样啊……"高见望向窗外——但只能看到高见不动产的大楼——他瞥了一眼，然后把账单从芝田手上抢过来，"我来。"

"不，但是……"

芝田的话还没说完，高见就已经迈开步伐向前台走去。芝田看着他宽阔的背影，说了声"那就谢谢了"。

3

工作结束后,香子和其他人回到休息室,米泽在那里等着她们。他开着电视,正在看动画片。

"辛苦了。"

米泽对回到休息室的公关说。

"米哥,你真轻松啊。"浅冈绫子斜眼看着电视,"我们在应付那些老头子的时候,你可以躺在这里看《哆啦A梦》。"

"你别这么说嘛,一个人在这里等也很无聊啊。"

米泽嘟着嘴说完,关掉电视。

"别关啊,独乐乐不如众乐乐。"

绫子又打开电视。

米泽无奈地抓着头问:

"真野由加利和角野文江在吗?"

在房间角落的两个女生举起了手。香子认识角野文江,但没见过另一个女生。

"辛苦了。"

米泽把信封交给她们。她们是自由接案的公关,和香子她们这些正职的公关不同,都是当天就领取报酬。

香子在梳头发,江崎洋子在她旁边补妆。米泽走到洋子身旁问:

"那个真野怎么样?"

香子听到米泽小声地问。

"还不错啊。"洋子仍然看着粉饼盒回答,"动作很利落,应对自如,应该可以用。"

"是吗？听说她之前在皇家，大概没什么问题。"

米泽点头表示同意，然后转身离开。

她之前在皇家？

这句话引起了香子的注意，绘里之前也在皇家。

香子看真野由加利整理好东西离开休息室，便跟着走出去。高挑的由加利精神抖擞地走在前面，系在腰上的漆皮皮带更衬托出她完美的身材。

香子叫住她，由加利显得有点疑惑。

"你认识牧村绘里吗？"香子劈头问道。由加利警戒地绷紧身体问："你是？"

"我叫香子，小田香子。"

"啊……"由加利表情稍微缓和了一些，"原来是你，我听绘里提过你。"

"你果然和绘里是……"

"我们是朋友，应该是最好的朋友。"

太巧了，香子心想。她是最适合打听绘里过去的对象。

"我们要不要找个地方喝咖啡？我有事想请教。"香子说。

由加利拨了拨长发说：

"好啊，但你也要回答我的问题。"

"你的问题？"

"那还用问吗？当然是关于绘里的事。"

由加利说完，妩媚地对香子挤眉弄眼。

附近刚好有一家由加利熟悉的店，于是她们决定去那家店聊天。那家店位于大楼的地下室，有一道像仓库一样的门，但里面很宽敞。店里左侧是一排弯曲的长吧台，香子和由加利坐在角落的桌子旁。

由加利对看起来像是老板的男人说了几句话后交代："我们要谈秘密，你不要过来。"

"好了……"由加利喝了一口兑水酒，跷起修长的腿，"你想问什么？"

"嗯，"香子抬眼看着她细长的脸，觉得她的妆化得很美，暗自决定要偷学起来，"你和绘里认识多久了？"

由加利从皮包里拿出香烟，深深吸了一口说：

"从她来东京之后，我们就认识了。我们是一起进入皇家的。"

"你最近和她见过面吗？"

由加利的指尖夹着香烟，脖子微微倾斜。香烟的烟微妙地飘动起来。

"应该是两三个星期前。"

"她当时有没有和你说什么？"

"你为什么问这个问题？"

"为什么……"

香子结巴起来，由加利似乎发现了什么开心的事，呵呵地笑了。

"所以你也难以接受。"

"接受？"

"就是绘里自杀的事，难道不是吗？"

香子不知道该怎么回答，因为她没有想到由加利会这么直截了当地发问。从由加利刚才的态度来看，她来接班比公关公司的工作应该不是巧合。

"怎么可能接受？"

由加利把抽到一半的烟在烟灰缸里按灭，脸上的表情突然变得严肃起来。

"她不可能自杀。"

"我问你，"香子探出身体，然后迅速地扫视了周围一眼，确认没有人在偷听她们说话，"你该不会是想调查绘里自杀的事才来班比的吧？"

由加利再度露齿一笑。

"没错，没想到第一天就遇到你，真是太幸运了。你对她的死有疑问才来找我的，对不对？"

"嗯嗯。"香子点点头。

"既然这样，那我们就要合作。你为什么认为她不是自杀？"

"这……只是这么觉得，应该是直觉吧。"

其实，香子最初对绘里自杀并没有产生怀疑。因为受到芝田的影响，而且担心高见俊介可能和这件事有关，所以她才想调查绘里的事。不过，如果现在实话实说，可能只会让事情变得更复杂。

"直觉吗？我的直觉同样认为有问题，但除此以外，有些事无论怎么想都不太对劲儿。你们公司的老板是不是姓丸本？我虽然不知道他是怎样的男人，但绘里根本不可能爱上这种人。更何况，现在都什么年代了，怎么可能还有女人会因为失恋而自杀？"

由加利可能有点激动,所以越说越大声。坐在吧台前的两三个客人转头看过来,她见状便缩起脖子,伸手拿起兑水酒。

"你知道绘里前男友的事吗?"由加利压低声音问道。

"前男友……你是说那个姓伊濑的人吗?"香子犹豫不决,不知道该不该说,但最后还是说出了口。

由加利听了,满意地用力点了点头。

"既然她告诉你这件事,就代表我可以信任你。绘里只会把这件事告诉很信赖的人,她在东京的朋友中,应该只有你和我知道伊濑的事。"

"这样啊。"香子不禁移开视线,然后轻轻咳了一下。毕竟并不是绘里亲口告诉香子的,但她决定隐瞒这一点。

"绘里来到东京之后,也一直在想伊濑的事,思考他为什么会犯下那起案子,然后说总有一天要查明真相。这次的事情发生后,我恍然大悟。她辞去皇家的工作,跑来班比上班,会不会就是为了这个目的?"

"我们公司有什么问题吗?"

香子惊讶地问。

"虽然无法断言,但我有这样的感觉。她对皇家并没有太大不满,没想到突然辞职了,这让我很意外。"由加利又拿出一支烟,然后问香子,"你要吗?"

香子下意识地伸出手,由加利用打火机为她点火。香子觉得好像很久没抽烟了,然后才想起自己正在戒烟。

"总之,她和你们老板有一腿这件事太奇怪了。"由加利说,"虽然不至于不再交男朋友，但她一直对伊濑的案子耿耿于怀。我们最后一次见面时，她还提到了那件事。"

丸本说他和绘里从一个月前开始交往，但由加利最后一次见到绘里是在两三个星期前。绘里在和丸本交往的同时仍然惦记着伊濑的事，这的确有点奇怪。

"你有没有把这件事告诉警察？"香子问。

她记得之前听芝田说，警方已经向绘里所有的朋友问过话。

没想到由加利很干脆地说：

"我没有告诉他们。绘里很讨厌警察，我也很讨厌。我们都不相信警察，而且伊濑的案子已经结案，他们不可能再重启调查。所以，我决定自己来。"

"这样啊——但是警察已经知道绘里以前是伊濑的女朋友。"

"真的吗？那一定是在绘里的老家那里问到的。"

"可能吧。"香子无法说出自己也一起去了名古屋，"绘里如果有写日记的习惯就好了。"

"我也这么想，我和绘里的爸妈一起整理她的租房处时，完全没有发现任何可能成为线索的东西。她应该在调查伊濑犯下的那起案子，但没留下蛛丝马迹。"

"但听说找到装氰化钾的瓶子了。"

香子说了从芝田那里得知的情况。

"对、对，好像是这样。警方认为这就是她自杀的证据，我无法反驳了。"由加利皱皱眉头后，以佩服的眼神看着香子说，"你好像很了解警察的动向？"

"因为我有认识的人。"香子含糊地说。

"是吗?太厉害了。"由加利露出期待的眼神看着香子后,摇了摇加冰的杯子,"绘里的父母说,只要是我喜欢的东西,都可以拿走,所以我就接收了她所有的 CD 和录音带。现在,每天晚上听这些成了我的乐趣。想象她听着什么音乐,在思考什么事也很有趣。"

由加利用轻松的口吻说着这些,完全没有丝毫的感伤。香子不禁有点羡慕她,觉得她们是真正的好朋友。

"总之,我们的目的一致,那就来建立统一战线吧。"

由加利举起杯子,香子拿起杯子和她碰了一下。

香子和由加利道别后,快晚上十一点才回到高圆寺。她们聊得太投入了。

由加利很怀疑丸本。"我觉得绘里不可能爱上那种男人。如果她接近丸本,就一定有什么目的,所以我一样打算这么做——"由加利意味深长地说。虽然她并没有说打算用什么手段,但听她的语气似乎很有自信。

由加利告诉了香子很多事,但香子直到最后都没有提高见俊介的事,也不好意思提到他参加了那天的派对。

香子一路上想着这些事,回到公寓附近。经过一旁的公园时,她不经意地转头一看,立刻停下了脚步。她看到在公园里有一张熟悉的脸。

芝田松开领带,伸直双腿荡着秋千。公园里只有他一个人,月光下,他的影子投在地上。香子踩在他的影子上,站在他面前。

"你看起来无精打采的,怎么了?"

芝田缓缓抬起头,打了个招呼:"嘿!"

"你好像很没精神啊。"香子在旁边的秋千上坐下,"哇,我已经有很多年没有荡秋千了,太开心了。你记不记得好像有一首荡秋千的歌?"

"我不知道,你好像心情特别好,遇到什么好事了吗?"

"没有啊,只是感觉找回了童心。"

香子不顾自己穿着迷你裙,用力地荡了起来,晚风吹在酒后稍微发烫的脸颊上很舒服。她玩了一会儿后问芝田:"有没有什么新发现?"

"哪方面?"

"当然是关于绘里的事啊。"

芝田弯起原本伸直的双腿,荡了两三次秋千,生锈的铁链发出"吱吱咯咯"的声音。

"我去见了你的'白马王子'。"他说,"也提到了高见雄太郎遭到杀害的事件,但他装糊涂,假装已经忘了伊濑耕一。"

"搞不好他真的忘记了。"

香子不禁为俊介辩护。

"他在装糊涂,"芝田语气坚定地说,"怎么可能忘了杀害前董事长凶手的名字?我认为他装糊涂这件事反而很可疑。"

"你在怀疑高见先生吗?"

"的确会特别留意他。"

"但他根本没有动机啊,高见先生为什么要杀绘里？"香子追问道。但芝田没有回答她的问题。

"不过,他并没有杀绘里,这件事可以确定。"他说。

"什么意思？"香子问。

"我确认过他的不在场证明。绘里死亡的时间,他正在饭店大厅和人谈生意。我向对方询问过了,的确是事实。"

香子记得当时的事。

"对啊,对方是不是像狸猫一样的矮老头？在那个老头来之前,我和他在一起。"

芝田瞥了香子的脸一眼,然后低头看着自己的脚。

"至少知道他不可能直接下手。"

"你的说法好像有什么言外之意。"

"我不认为他和这起事件完全无关——不过仅此而已,不可能凭我的直觉就能为已经解决的案件翻案。"

他说案件已经解决,似乎是指警方认定绘里的死是自杀。

"你调查过我们老板吗？"

丸本和绘里的老家都在名古屋,因此芝田和香子他们昨天一起去了名古屋,但最后并没有找到绘里和丸本的交集。当然,这是因为他们发现绘里的前男友是伊濑耕一,便根本无暇进一步调查丸本和绘里的事了。

"目前正在调查,但没抱太大的期望。"

"是吗？所以你才这么无精打采的？"

"嗯,大概吧。只要能够多少掌握一点线索,我就可以振作起来。"

"没办法，那就听听我这边的消息吧。"

香子在说话时故意将视线从芝田身上移开。

"消息？"香子可以感受到芝田露出锐利的目光。

"我今天见到了一个很有趣的女生。"

香子把真野由加利的事告诉芝田。由加利同样对绘里的死存疑，以及绘里想知道伊濑犯案的真相，很可能是为了这个目的才进入班比公关公司的。芝田似乎很有兴趣，双眼发亮。

"绘里基于某种目的跳槽的事很有趣。"

"对不对？由加利认为，丸本绝对脱不了干系。她说会设法接近丸本，揪住他的狐狸尾巴。"

"她比你更任性妄为啊。"

芝田苦笑。

"我和她相比，简直差太远了。如果把这些情况向你上司报告，会不会重启调查？"

芝田微微闭上眼睛，轻轻摇了摇头。

"不行，这只是那个叫真野由加利的女生一厢情愿的推理，并不是证词。上面的人不可能因为这个就行动。"

"这样啊，"香子嘟着嘴，"还真是麻烦。"

"那当然啊，"芝田说，"国家单位嘛。"芝田从秋千上跳下，拍拍裤脚说，"走吧。"

香子也站了起来。

"那个叫由加利的女生，"回到公寓，在香子的家门口道别时，芝田神情严肃地说,"你要提醒她,务必要小心谨慎。她自行查案当然没有危险,但如果要深入虎穴,可能就会有危险。"

"我会转告她。"

香子点点头。其实她也有同样的担心。

"另外,下次有机会介绍我们认识一下吧,我想好好跟她聊一聊。"

"好啊,我来和她联系。"

"另外,"芝田摸摸人中,"她应该很漂亮吧?"

"很漂亮啊,和我不分胜负。"

香子向他使了一个眼色。

"真期待啊,那就拜托了。"

"我会尽早安排。"

"那就晚安喽。"

"晚安。"

香子说完,走进自己的房间。

4

三天后的中午过后——

芝田来到华屋有限公司总部一楼的前台。"华屋"的总部在银座中央大道上,马路对面就是"华屋"的银座店。

芝田按照前台小姐的指示,坐在大厅等待。大厅有二十张左右的桌子,其中一半坐了人。桌子上都有号码,前台小姐请他坐在十号桌。

五分钟后,他等的人就出现了。这个矮小的男人姓室井,年纪虽轻,但职位是"华屋"的公关课长。他看起来只比芝田稍微年长几岁。在双方打过招呼后,芝田立刻进入了正题。

"我就不客套了,听说之前'华屋'举办的感恩派对都是由室井先生负责安排的?"芝田直接进入正题。

"是啊,但是……"室井的眼神不安地飘忽,"虽说是由我安排的,但其实只是按照惯例处理相关事务,因为公司举办感恩派对已经很多年了。"

芝田可以明显地感觉到他相当警戒。自从芝田在电话里说,目前正在侦办派对当天死去的公关一事,想向他了解一些情况,他就一直用这种语气说话。

"公关的事也是由你负责安排吗?"

"没错,但实际是由我的下属负责联系的。"

"委托给班比公关公司一事,你应该知道吧?"

"是啊……有什么问题吗?"

室井的眼神变得更加不安,芝田没有理会他的问题。

"为什么会找班比公关公司?市面上不是有很多公关派遣公司吗?"

芝田抬眼看着眼前这个矮小的公关课长。

"我刚才说过,"室井舔舔嘴唇,"这只是因循前例,之前都是找的班比公关公司,这次也继续找他们,就这么简单。"

芝田在记事本封面上弹了一下手指,室井吓了一跳,坐直了身子。

"冒昧请教一下,你担任目前的职位多久了?"

室井露出真心觉得这个问题很失礼的表情后回答说："三年。"声音听起来相当不快。

"这就奇怪了。"芝田缓缓地翻开记事本，看了看其中一页，然后看向室井，"'华屋'从多年前就开始举办感恩派对，但以前都是委托东都派对服务公司，如果是因循前例，照理说现在仍然应该找那家公司，否则就太奇怪了。但是，从一年半前开始，突然改成班比公关公司。请问，这是怎么回事？"

室井原本不悦的脸上的表情发生了变化，似乎很惊讶芝田连这都调查得如此清楚。芝田不禁在内心说，"这是我的工作"。

芝田在调查丸本过去的时候，对"华屋"和班比公关公司的关系产生了疑问。

芝田调查了丸本的经历。丸本从东京的大学毕业之后，在东方饭店的宴会课工作了七年左右。之后辞去工作，和朋友一起开了人力派遣公司。只不过，生意并不理想，四年前因为资金周转不灵倒闭。一年半前，他又创立了专门派遣公关的班比公关公司。这家公司以东方饭店的人脉为中心，逐渐拓展业务，目前已经成为中坚等级的公关派遣公司。

芝田对两件事产生了好奇。第一件事，丸本在人力派遣公司倒闭之后，到目前开这家公司期间，曾经回过名古屋。听说他在家里开的咖啡店帮忙，但高见雄太郎命案就发生在那段期间。

另一件值得好奇的事就是，班比公关公司的发展为什么会如此顺利？市面上有许多公关派遣公司，而且有些饭店已和特定公司签了约，新公司要想成功地打入派对业界并不是一件容易的事，但班比公关公司的业绩一直顺利增长。虽然这应该和丸本之前任职的东方饭店的人脉有关,但真的只是这样吗?

于是,芝田前往绘里事件发生的银座皇后饭店,之前曾经见过的总经理户仓接待了他。

据户仓说,该饭店是在"华屋"举办派对之后,开始和班比公关公司合作的。因为"华屋"方面指定要找班比公关公司,而且那次派对的评价很不错,所以皇后饭店集团有时候会找他们。

只不过,户仓并不知道"华屋"为什么会指定要找班比公关公司。

"到底是怎么回事?"芝田继续追问。

室井吐了一口气,然后无奈地垂下眉,看着芝田。

"请不要透露是我说的。"

"那当然,我不会说。"芝田的膝盖向前挪了挪。

室井微微低下双眼,然后又抬起头说:

"其实我们也不太清楚,是上面指示说要委托班比公关公司的。"

"请问,是怎么回事?"

"我真的不清楚,反正就是业务命令。"

"上面是指?"芝田问。

室井迅速打量了一下周围,很小声地叮咛:"真的千万不能说是我讲的。"

芝田用力点头:"我保证。"

"是佐竹部长。"室井说。

"佐竹先生?他为什么……"

"我不知道,可能班比公关公司曾找他帮忙吧。"

室井可能察觉到失言，故意轻咳了一下。

"佐竹部长今天在公司吗？"

室井听到芝田这么问，眼神立马变得惊慌起来。

"你现在要去见部长吗？"

芝田完全了解室井害怕的心情。

"你不必担心，和你见面的事我会保密。"

"那就好……但我猜想你今天应该没办法马上见到他，因为他很忙，随时都和常董一起行动。"

"常董是？"

"就是西原常董，董事长的三公子。"

室井说完之后，似乎又觉得自己话太多了，连忙紧闭上嘴。

芝田向室井道别后，去前台询问是否能够见到佐竹部长。长头发的前台小姐不知道打电话去了哪里，最后告诉他，佐竹部长今天很忙，没有时间见客。芝田决定放弃。

"佐竹部长是怎样的人？"

芝田一脸轻松地问前台小姐。她显得有点不知所措，但还是笑着回答说：

"有点可怕。"

"年纪呢？"

"四十岁左右。"

"应该很能干吧？"

她笑着耸耸肩说："应该是这样，但我不太清楚。"然后反问芝田，"怎么了吗？"看来她和普通的女生一样，好奇心很强。

"没事。"芝田回答,"有时候,毫无关系的人也需要打听,这是我们的工作。"

"真辛苦啊。"

"真想和你交换啊。"

芝田道谢后,走出华屋总公司。

——佐竹部长……

他会盯上"华屋",还有另一个理由。如果说丸本和高见雄太郎命案有什么关系,那一定和高见俊介也有关系。

而这两个人都和"华屋"有交集。

——事情好像越来越复杂了。

芝田迈开步伐,内心产生了不祥的预感。

这天傍晚,芝田和同事直井一起前往新宿。他们和香子有约,香子会带真野由加利一起来。

芝田向课长报告了由加利的事,课长指示他去了解一下情况。"即使白费力气,也是一种学习。"课长这么说。

直井虽然已经有妻儿了,但年纪和芝田差不多。虽然他身上的衣服不是名牌,却很有型。课长可能考虑到今天见面的对象,所以选了他和芝田一起,可惜直井个子不太高,而且最近肚子越来越大了。

在约定的咖啡店里等了五分钟左右,香子她们就走了进来。香子说得没错,由加利很漂亮,而且身材高挑,不像是日本人,迷你裙下的长腿很美。

"今天来对了。"坐在芝田身旁的直井小声说道。

"那你要感谢我。"芝田笑着回答。

简单的自我介绍后,由加利直爽地说:"其实我不喜欢警察。"她一双充满异国风情的眼睛带有几分挑衅,"但是香子说,芝田先生很值得信赖,我才决定和你们见面。再说,我觉得这是为了绘里。"

"谢谢。"芝田有点腼腆。

"普通的刑警不行啦。"香子在一旁插嘴道,"大家都不想做事,但他不一样,只有他相信绘里并不是自杀。"

直井听了她的话,不禁苦笑道:"虽然我讨厌工作,但做事不会马虎。"

"但警方还是认定绘里是自杀。"

"因为根据各种证据,不得不做出这样的判断。你不是已经听芝田说过吗?比如毒药的来源,还有房间的门锁住了。"

直井好像在安抚小孩子一般说道,但香子和由加利仍然不罢休。

"那一定有诡计。"香子说。

"对啊,没错,一定有诡计。"由加利说。

"你们的工作不就是识破这种诡计吗?"

"真伤脑筋啊。"直井看到两个女生瞪着他,抓着头说,"简直就像是来挨骂的。"

这时,服务生刚好走过来,他们点了两杯咖啡、青苹果汽水和肉桂茶。芝田利用这个空当,问由加利:

"那可不可以请你说一下大致的情况?"

由加利喝了一口肉桂茶，眨了两次眼睛后才开口。

她说的内容和芝田之前从香子口中得知的情况几乎相同。绘里正在针对伊濑耕一犯下的案子展开调查，她可能是基于这个目的，才去班比公关公司上班的。只不过，由加利的推论并没有什么根据。

最重要的是，由加利首先强调绘里不可能爱丸本，更不可能为那个男人自杀。

芝田听她说完后问：

"你有没有掌握什么证据？"

由加利垂下双眼，然后抬起头后摇了摇头。

"这样啊，那你接下来有什么打算？"

她耸耸肩，轻轻地眨了一下眼睛，再次摇头。

"不知道，接下来会想想。"

"希望你最好不要轻举妄动，毕竟这是我们的工作。"

"好啊，如果你们愿意侦查，那当然再好不过了。"

由加利说完，轻轻一笑。

芝田和直井向香子、由加利道别后，一起回警视厅。在电车上，芝田问直井的感想，直井微微偏着头说：

"我能够理解她说的情况，只不过依据太薄弱，就算只有一个证据也会好办很多。"

"她们的想法都是出自直觉，但不能小看她们的嗅觉。"

芝田觉得至少比什么刑警嗅觉这种蠢东西可靠。

"但是，以当时的情况来看，无论怎么想都是自杀。由加利说和高见雄太郎的事件有关，会不会太跳跃了？"

芝田没有回答，转头看向电车外的景象。事实上，他也有这种是否过于跳跃的想法。

"课长听了之后，应该不知道该怎么处理吧。"

直井自言自语道。

第五章
有重要的事要讨论

1

事件发生至今已经过了十一天。

香子这天提早出门,走在银座的街头。今天又要去上次那家银座皇后饭店工作,自从那天之后,她就没再去过那里。

和那天一样,香子在"华屋"银座店前停下了脚步。除了上班之前,她每次来银座时,都会来看一下这家店,但只是在门外的橱窗前张望一下。

"有了,有了。"她嘀咕道。

这一天,她看上的是搭配钻石的18K金祖母绿项链,没有杂质的绿色宝石被镶成半圆形,价格是一千九百五十万日元,没想到这么便宜。她今天对价格的感觉和之前完全不同了。

当她轻轻叹气,依依不舍地离开橱窗前时,有什么东西挡住了她的去路。

"果然是你啊。"

香子听到一个熟悉的声音,她缓缓抬起头,刚好和对方四目相对。

"啊哟啊哟。"她不知道该说什么,遇到这个人没什么好高兴的。

"我们不是在上次的派对上见过吗?就是我啊,你应该记得我吧?"

"嗯,是啊……"

香子勉强挤出一丝笑容。

他是"华屋"董事长的第三个儿子西原健三。他和上次一样，穿着白色西装，而且脸还是很大，眼睛、鼻子却很小，鼻头冒着油，看起来很恶心。

"你记性真好。"

香子语带讽刺地说。谁要你记得我——

"当然啊。你别看我这样，我很擅长记女生的长相。"他一脸得意地说，香子脑海中浮现出"阿斗"这两个字，"而且，你的发型很有特色，原来你平时也梳这种发型啊。"

"啊？"

香子不禁摸了摸自己的头。因为等一下要去工作，所以盘着晚宴头。将一头长发在头顶盘成丸子状，这是她出门后，特地去美容院做的头发。像她这样正职的公关，有工作的日子一定要去美容院，而且都要自己花钱。

"那是因为我等一下要去工作，平时不会梳这种发型，就是普通的长发。"

香子不禁抗议。

"啊？哦，原来是这样，难怪我觉得很有趣。"

健三哈哈大笑起来。猪八戒，到底在想什么啊。香子感到很无趣。

"你现在还有一点时间吧？要不要去喝杯咖啡？"

他还是老样子，马上就开口相约。香子原本想拒绝，但立刻想到了一个好主意。

"我没有时间喝咖啡，所以才会在这里看珠宝打发时间。虽然我很想进去看看,但你们不欢迎客人只看不买吧?"

她瞥了"华屋"店内一眼,她一直希望有机会进去看看。

健三果然上钩了。

"小事一桩。好,那我带你参观。"

健三拍着胸脯说。

"真的吗?好开心啊。"香子故意欢呼起来,看来废物也还是有可以利用的地方嘛。

当他们走进店时,站在门口的女店员一脸紧张地鞠躬。她就是上次那个狗眼看人低的"狐狸脸"店员,平时总是一副盛气凌人的样子。今天因为健三在的关系,她的气势全没了。香子觉得大快人心。

整家店就像是一个巨大的珠宝盒。

地上铺着胭脂色的地毯,上面有好几个展示柜。仔细一看,展示柜边缘都有装饰,柜内是光和色彩的世界。一走进店里,香子立刻被戒指展示柜吸引了。蓝宝石、红宝石、猫眼石,还有黑蛋白石、亚历山大石和星彩蓝宝石,当然还有钻石。

"你知道什么是宝石吗?"

健三站在香子身旁问。

"就是指漂亮的石头吧?"

"除了漂亮,还必须坚硬。除此以外,还有一个重要的要素。"

"是什么?"

"那还用问吗?当然是稀有。"健三说得很大声,有几个客人和店员都看着他,但他不以为意,"即使再漂亮,如果到处都有,也卖不出去,这样就无法成为宝石了。就像人造宝石,有时候甚至比天然的更漂亮,但大家还是想要天然宝石。理由很简单,因为人造宝石无法满足人们的虚荣心。"

店中央略靠后方有一座像吧台般的展示柜,展示柜前放着看起来很舒服的椅子。一对上了年纪的夫妻正坐在椅子上,那位太太扭着身体看过来。

"我们的感恩派对就是反向利用这种心理。"健三走向珍珠展示柜时说,"你朋友那件事,之后就没在报纸上看到后续消息了。现在是什么情况,你知道吗?"

"不知道。"香子偏着头说,"听说是自杀。"

"我也听说是这样。你好像和她很熟,我猜你忙坏了吧?"

"嗯,是啊……"

"我就知道,如果有什么困难,尽管来找我。"

健三说完,递了一张名片给香子。名片上郑重其事地印着"华屋股份有限公司 常务董事 西原健三",周围还框上金线,左上角有金色的"华屋"标志。品位差到极点,充分代表了健三这个人。

"对了,机会难得,我送一个礼物给你。"

健三拍了一下手,好像突然想到了什么好主意。

"啊?这……不用了。"

"你不必客气。你几月生日?"

"三月。"

香子说完之后,才发现自己不该这么说。

"三月吗?真是好季节,是为春天来访感到喜悦的季节。"

健三说着这种蠢话,向展示柜走去。果然不出所料,他在珊瑚前停下了脚步。

"珊瑚是三月的诞生石,是象征沉着、勇敢和聪明的宝石,真是太适合你了。"

他找来站在一旁的店员,指示她把红珊瑚的胸针包起来。

"不,这太……不好意思了。"

香子婉拒着。她知道健三会说没关系,但她更后悔刚才说出了真正的生日月份。早知道应该说是四月或五月,因为四月的诞生石是钻石,五月的是祖母绿。

香子接过用漂亮的缎带扎起的胸针盒,再度表现出诚惶诚恐的样子。

"小事一桩。对了,下次你可要陪我吃饭哦。"

健三露齿笑了起来。香子挤出亲切的笑容,但在心里吐舌头。

香子说,上班时间快到了,然后走出了"华屋"。在健三的再三追问下,香子留了姓名和电话给他。反正他只要一打听就可以问到她的信息,而且拿了他的胸针有点手短。

"我会再和你联系,一言为定。"

香子听着健三的声音,快步走到街上。

她在下午五点十分来到银座皇后饭店,今天明明提早出门,没想到又快迟到了。她的脑海中浮现出米泽皱眉的样子。

今天的休息室在二〇五号房。一走进休息室,米泽就看着她的脸,一脸担心地说:

"原来是小田,你终于来了,我还在担心你怎么还没来。"

"有什么好担心的,虽然我常常晚到,但从来没有真的迟到过。"香子抱怨着走进休息室。浅冈绫子走到她身旁小声地说:

"并不是只有你而已。"

"什么并不是只有我而已?"

"还有一个人没来,而且江崎也才刚到而已。"

"领班?"

香子向江崎洋子的方向偷瞄了一眼。洋子正在若无其事地补妆,她很少在即将开始工作之前才匆匆赶到。

"还有谁没来?"

绫子摇了摇头。

"我不知道,听说是自由接案的,恐怕她以后接不到工作了。"

"自由接案的?"

一种不祥的预感掠过香子的心头。

2

那天晚上,香子下班回到家之后,才发现自己不祥的预感成真了。

她看到隔壁的芝田已经回家了,虽然很想向他打听侦办的进度,但她还是先回到自己家。

每天回到家的第一件事,就是漱口和查看是否有电话留言。她发现自己出门时,有人打电话来,于是听了录音机的语音留言。

"你好,是我。"电话里传来快活的声音。

啊！香子嘀咕了一声，这个声音很熟悉，是真野由加利。

"我是真野由加利。"声音的主人说道，"我有重要的事要和你讨论。今天晚上下班之后的时间请留给我，拜托了。"

说完，她就挂上了电话。

——重要的事？今晚？

香子不由得倒吸了一口气，心跳加速。她在通信录里找到前几天才抄下的由加利的电话，拿起电话，不顾一切地按了按键。

铃声响了两三次，但没有人接电话。

香子慌忙冲出家门，用力敲隔壁的门。

"发生了什么事？"

芝田一脸睡意地出现在门缝中。

"出事了，你马上和我一起去由加利家。"

"由加利？就是上次见面的那个女生？她怎么了？"

"不知道，但好像出事了。"

"你等一下，到底是怎么回事？"

"我会在路上告诉你，你赶快去换衣服。"

芝田可能察觉到香子的态度很不寻常，没有多问，说了声"我知道了"，就走回房间。五分钟后，芝田就换好衣服出来了。

他们一起前往由加利的公寓。由加利住在北新宿一栋米色四层楼的公寓，公寓里都是套房，马路对面是小学的操场。

由加利住在四楼最角落的房间。

她死在房间内。

3

室内一片凌乱。

房间并不大,差不多有三坪。一进门的左侧是流理台,对面是壁橱,右侧是系统式卫浴,窗边放了一张床,床的周围是架子。架子上放着电视、录像机、CD、音响,还放满了化妆品。

"麻雀虽小,五脏俱全啊。"

芝田的上司松谷警部打量室内后,语带佩服地说。芝田也觉得由加利在收纳方面下了不少功夫,只不过现在屋里乱成一团。

地上原本铺着木纹地毯,现在却因为堆满了东西几乎看不到。衣服、内衣裤、杂志、书信、录音带、报纸等原本应该收纳在房间里的所有东西,都好像被台风扫过般掉了满地,人连站立的地方都没有。

房间的主人真野由加利仰躺在靠近窗边的床上,已经断气了。

明显是他杀,目前认为是扼杀。虽然她身上的衣服很凌乱,但没有被性侵的痕迹。

"你们昨天和被害人见了面吧?"

松谷语气沉重地问。

"嗯。"芝田点点头。他昨天已经报告了相关情况。

"她似乎对牧村绘里的自杀存疑。"

"没错。"

"但目前没有掌握任何证据——昨天是这样吧?"

"她昨天是这么说的。"

芝田很谨慎地回答,因为由加利未必把所知道的一切都告诉了他们。

"所以……从昨天到今天,事态发生了什么变化吗?"

松谷似乎并不是在问芝田,而是在自言自语。

芝田没有回答就离开了,他问趴在地上的鉴识课员:

"有没有发现毛发?"

戴着金框眼镜的鉴识课员盯着地面,摇着头说:

"目前没有发现,看起来都像是被害人的头发。"

由加利是公关,所以留着长发。

"指纹呢?"

"采集到几枚指纹,但希望不大。凶手戴着手套,门把上只留下了被害人的指纹。"

"茶杯上有没有指纹?"

"只有被害人的。"

"这样啊。"

房间的角落里放着托盘,上面有两个茶杯,今天似乎有访客上门。

芝田直起腰时,直井走进来向松井报告:

"住在隔壁的女人记得今天她有客人上门。她在下午三点左右听到了声音。"

直井说,隔壁的女人今天外出前,听到隔壁——也就是由加利家的门铃声。由加利打开了门,说了声"午安",隔壁的女人没有听到访客的声音,但确定客人进了由加利家。那时候差不多下午三点。刚刚去问话时,隔壁的女人才刚回家,因此不知道由加利的客人是几点离开的。

"三点有访客……如果是凶手,那被害人和凶手在七点之前做了什么?"

松谷抱着双臂陷入了沉思。目前推测由加利的死亡时间是在七点到八点。

"应该不只是聊天而已。"直井打量着室内,"还真是乱成一团啊。"

"嗯,凶手可能在找什么。"

"到底在找什么呢?"

"如果知道的话,就不必这么累了。"

芝田和直井等一下要向香子了解情况。她目前在一楼的停车场等待,心情应该稍微平静下来了。

香子对自己的大意感到懊恼,也许自己可以救由加利一命,这种想法让她自责不已。

今天听说有自由接案的公关无故没来时,她就有点担心。在工作结束后,得知是由加利时,她内心的不安更加强烈了,再加上由加利在录音机的留言,让她觉得一定发生了什么事,因此不顾一切地赶来了。

如果最初感到不安时,就立刻联系芝田,或许就可以救由加利一命。这种想法让香子的心情更加沮丧。

她在警察的陪同下,坐在警车里等待,芝田和直井上了车。她以为要去哪里,结果并不是,而是他们要问问情况。

虽说是了解情况,但只是确认芝田已经知道的情况,是芝田去向房东借来的钥匙,而且他比香子更了解发现尸体时的情况。

"她是几点打电话给你的?"芝田问。

"是我去美容院之后,所以应该下午一点多。她猜想我还会回一趟家,才会给我留言的。"

如果自己晚一点去美容院,或许就可以直接在电话里讨论由加利说的要事了。

"有没有什么她只告诉你,但没有告诉我们的事?"芝田问。

香子低着头,摇了摇头。

"没有,我知道的都告诉你了。"

"那你用猜的也没关系,"芝田事先声明这句话,"你觉得凶手在找什么?把她的房间翻得那么乱,不是有点奇怪吗?"

"我也觉得很奇怪,她根本还没有找到任何线索。"

香子再度悲从中来,用双手捂住了脸。芝田和直井没有再问她问题。

4

第二天下午,芝田和直井前往班比公关公司位于赤坂的办公室。和上次来的时候一样,员工都忙碌不已,电话响个不停。也许会有人打电话来问真野由加利死去的事。

看起来没有人会理会他们,他们径自沿着通道走进去。丸本正坐在窗边的座位看报纸,一看到两名刑警,便收起报纸起身。今天来这里之前,他们曾经打电话联系过丸本,说想了解遇害的自由接案公关真野由加利的相关事宜。

一走进用帘子隔开的会客室，丸本便说：

"太惊讶了，听说遇害的女生是绘里的朋友。"

他表情凝重地皱着眉头，但不知道心里在想什么。

"你完全不认识真野由加利吗？"芝田问。

"不认识。"五官平坦的丸本点点头，"我和绘里才交往一个月，对她的交友关系几乎一无所知。"

他曾多次说过这句话，但无论听多少次，芝田都觉得听起来假惺惺的。

"你有没有见过真野小姐？"直井插嘴问道。

"没有。"丸本不假思索地回答。

"但她不是接贵公司的工作吗？昨天也是，你应该面试过她吧？"

丸本微微皱起眉头，抓着下巴说：

"不，我没有见过她本人。要不要用自由接案的公关都由专门的人员负责，只要报告一声，我同意就好。"

他的言下之意是老板不必做这种杂事。

"那在绘里的葬礼上呢？你没有见到过真野吗？"

芝田猜想由加利应该参加了绘里的葬礼，于是这么问。没想到丸本的回答令人意外。

"我……没有出席葬礼。"他说。

"没有出席？为什么？"

"因为我觉得没有资格……我猜想她的父母看到我，心情会很差。我发了电报，送了奠仪，但他们把奠仪退回来了。"

丸本紧闭双唇，表情充满苦涩。芝田无法判断这是自然流露的表情，还是刻意装出来的。只不过，芝田确实难以理解女友死了，却不出席葬礼的心情。

"关于绘里自杀的事……"直井似乎故意放慢说话的速度，"有没有人来询问，或是问你相关的情况？"

直井猜想由加利可能用某种方式和丸本接触，所以问了这个问题。但丸本同样否认，他说完全没有。

芝田和直井无可奈何，只能告辞。

穷追猛打只会造成相反的效果，但直井在站起来后，用顺便的语气问了丸本昨天中午到晚上的不在场证明。

"如果不问一下，上司会很啰唆，我们也没办法写报告，希望你不要介意。"

"我不会介意，你们辛苦了。"

丸本在说话时，拿出记事本，上面似乎写了行程表。"昨天下午四点之前都在公司，然后在街上逛了逛，去了银座。吃完饭，喝了点酒就回家了。"

芝田问明他吃饭的餐厅和喝酒的店，然后记下。丸本说他不记得具体的时间。直井说没关系，他们会调查。

走出会客室后，芝田和直井见了负责公关人选的人员。那个男人又瘦又矮，皮肤很白。

听他说，由加利是在绘里自杀的三天后来班比公关公司应征的。当时，由加利直接来到公司，丸本并不在场。

"她之前在皇家公关公司，基本上不会有太大的问题。我们有好几个自由接案的公关,在紧急的时候可以派上用场。最近有不少自由接案的公关,因为像是想当歌手或演员的女生都要安排时间上课。如果成为正职公关,时间上就会受到限制。"

这个人很爱说话。

"对于之前有公关自杀的事,她有没有提到过什么?"芝田问。

"嗯……"男人偏头想了一下,"她好像说很辛苦之类的,但我没有理会她。"

"这样啊。"

芝田和直井道谢后离开。

松谷在新宿分局的搜查总部等待芝田和直井,想了解一下他们和丸本见面之后的感想。直井简单报告后,松谷神情复杂,他可能不知道该如何判断。

接着,松谷决定立刻派人去确认丸本的不在场证明。

"关于由加利的异性关系,有没有什么发现?"

直井在报告结束后问。目前的侦办方向分为两条线:一条线认为这次的事件和牧村绘里的自杀有关;另一条线则认为两起案子各自独立。如果两者没有关系,最有可能就是由加利的异性关系引发的杀机。他们从由加利的家中找到写有很多男人名字的通信录,还有不少看起来很可疑的名片。

"目前正在分头调查,但她交友的范围似乎很广。有学生、上班族、台球酒吧的经理、健身教练、摄影师、创意总监……简直就是各行各业,其中还有围棋老师。"

松谷看着记事本,一脸不悦地说。

"里面有没有可能有和牧村绘里自杀有关的人?"芝田问。

"看起来并没有,这些人看起来都是很普通的过客。"

松谷用食指敲着记事本。

芝田向松谷提出请求,希望去一趟名古屋。芝田认为绘里的死一定和三年前高见雄太郎被杀一案有关,他想重新调查一下。

"我刚才和课长讨论过,原本就打算派人去了解一下,但你千万不要做出会刺激爱知县警的事。在他们眼中,那起事件已经结案了。如果他们以为我们想翻案,之后就很难找他们帮忙了。"

"我知道了。"

只要去了名古屋,一定可以掌握某些线索——芝田有这样的预感。

这天晚上,白天时四处查访的刑警聚在一起,召开报告会议。

首先,解剖结果已经出炉。死因和推测的死亡时间都没有大幅变更,唯一值得一提的就是由加利服用了安眠药。留在现场的茶杯中,其中一个检验出了微量的药物。

其次,警方向住在真野由加利楼下的学生了解到一些情况。该学生说,在下午五点左右听到由加利的房间里有动静,当时以为她在打扫。

至于由加利的异性关系,从结论来说,她最近没有和任何一个男人见面。有两个男人联系过她,但她说最近很忙,没时间见面。

关于不在场证明,这些男人中有的人有明确的不在场证明,有的人并没有。光是曾经和她有过肉体关系的男人就有九个,其中有三个已经完全忘记由加利是谁了。

说到不在场证明，丸本的不在场证明已经确认。他晚上七点之后在银座，有好几名饭店小姐可以做证，应该不会有问题，因此可以排除丸本是凶手的可能性。

"还有一件令人有点在意的事，"负责调查由加利异性关系的一名刑警说话有点故弄玄虚，"有人曾经在案发的前一晚，接到真野由加利的电话，就是那个担任创意总监的矫情男人。他说真野由加利问了他一个很奇怪的问题。"

"奇怪的问题？"

在松谷发问的同时，一旁的芝田等人都探出了身体。

"她在电话里问，不是有一家叫'华屋'的珠宝店吗，那家公司的老板是谁？那个男人回答说不知道……"

"华屋"？

芝田吞了下口水。

5

你好，是我。我是真野由加利。我有重要的事要和你讨论。今天晚上下班之后的时间请留给我，拜托了。

由加利的声音一次又一次在香子的脑海中响起。虽然她们成为朋友的时间并不长，但香子的心情很沉重，就像失去了重要的好朋友。

幸好还有能够让她稍微振作的事。回到家后，她接到高见俊介打来的电话。"没什么重要的事，只是想问你最近在忙什么。"听他的语气，似乎并不知道由加利的事，但今天的晚报上报道了这件事。

"我买了芭蕾演出的票，想去看吗？是后天。不好意思，时间有点仓促。"

香子当然一口答应。虽然那天有工作，但只要找人代理，自己付对方薪水就好。她想利用这个机会消除郁闷的心情。

"那我后天去接你。"

俊介用平静的声音说完后挂上了电话。

——早知道就应该买与芭蕾相关的书回来。

香子首先想到这件事。

当晚，在钟指向十二点多，香子洗完澡，正独自喝啤酒时，听到了芝田回家的声音。

不一会儿就听到了门铃声，香子走过去开门，看到芝田一脸疲惫地站在门外。

"有急事吗？"芝田甩着手上的纸问道。那张纸上写着"来我家。香子"，香子刚才把这张纸投在他的信箱里。

"我猜想你应该累了，想请你喝杯茶。"

他笑着说"谢谢"，然后把手上的纸折好，放进裤子口袋。

芝田说他不想喝茶，想喝啤酒，香子把罐装啤酒和杯子递给他。他一口气喝完一杯，但脸色看起来不太好。

从芝田在喝啤酒时慢慢谈到的内容中，香子知道了他脸色难看的原因——最可疑的丸本有不在场证明。

"但并不是没有进展,'华屋'似乎和整件事有关。"

芝田告诉香子,由加利曾经向男性朋友打听"华屋"董事长的事。

"和'华屋'有什么关系?"

"不知道,但我之前就锁定'华屋'了。"

芝田似乎对"华屋"把感恩派对委托给班比公关公司一事产生了怀疑,同时很在意"华屋"的感恩派对可以将丸本和高见俊见联系起来件事。

"我调查了'华屋'为什么会找班比公关公司,原来是佐竹部长推荐了班比。我也去和他见面了。"

"我知道这个姓佐竹的人。"香子想起派对时的情况说,"是不是一脸阴森,看起来像骷髅一样的人?他是'华屋'三公子的辅佐人。"

"你知道得真清楚,的确是这样。我问了佐竹,他说更换公关公司并没有特别的用意,只是好像费用会比之前便宜,所以就换成班比了。但这是假话,不可能因为这种理由让堂堂的部长出面指定某一家公关公司。"

"会不会是他收了贿赂?"

香子刚好想到,随口问道。她认为企业里只要有什么问题,一定和行贿受贿脱不了干系。

"也许吧,但我总觉得和绘里的事情有关。"

"怎么有关?"

"这我就不知道了,但知道由加利在调查'华屋'后,我就更加确信这件事了。"

芝田把啤酒的空罐放在吧台上,走到音响前。确认音响里有录音带后,他按下开关,音响里传来了柴可夫斯基的《睡美人》。

"你还在研究古典音乐吗?"

他双手叉腰,看着录音带转动。

"不是单纯的古典音乐,"香子说,"我在听古典芭蕾音乐。"

"原来如此。你的'唐璜'还是个芭蕾舞迷吗?"芝田一脸无趣地看着录音带盒上的目录问,"要博取'白马王子'的欢心很辛苦啊。"

"我也这么想,你看看这些书。"

香子从竖在墙边的纸袋里拿出三本书,放在芝田面前。三本都是她最近买的书,分别是《古典芭蕾入门》《如何欣赏芭蕾》《芭蕾舞者的故事》,这些都是意外的开支。

"也许我是多管闲事,"芝田翻着三本书,委婉地开口,"我觉得这种做法不太好,保持自然交往就好了。"

"哦?为什么?"

"为什么……你不觉得累吗?"

"我一点都不觉得累啊,只要麻雀能够变凤凰,再怎么累也没关系。"

"是吗……"

"我的梦想是在国外有别墅,在欧洲买一座古堡,夏天的时候可以一直在那里度假。城堡里当然要有珠宝,要搜集世界各地的珠宝,还要在'华屋'买很多首饰。这不就需要很多钱吗?"

"嗯,是啊。"

芝田有点意兴阑珊。

"所以,他是我的理想对象。他年纪还很轻,我想他以后应该会赚更多的钱。"

"是啊，但这么说好像在泼你冷水，他是高见雄太郎的侄子，未必和这次的事件无关。"

"但绘里的事，他不是有不在场证明吗？"

"是没错啦……"芝田放下原本拿在手上把玩的录音带盒起身，"我该回去了，明天还要一早起床，音响要关吗？"

"先开着吧，我要再研究一下芭蕾。我后天要和他一起去看《天鹅湖》。"

芝田一言不发地走向玄关，香子向他道了声"晚安"。他头也不回，只是举起一只手回应。

第六章
两个男人的轨迹

1

由加利遇害后的第三天早晨,芝田坐在前往名古屋的新干线上,直井和他同行。虽然买的是自由席的票,但两个人顺利地找到了并排的座位。不过和之前他与香子同行时不同,即使两个大男人坐在一起也没什么好高兴的,唯一的好处就是不会无聊。

东京一带下着小雨。沿着新干线一路往西,天空渐渐放晴,但还是无法看到富士山。

两个人轮流看着《体育报》和《周刊杂志》,直井先看完,伸着懒腰,叹了一口气。

"真野的异性关系那条线似乎没戏唱了。"直井松开领带说道。

警方调查由加利的异性关系后,没有发现任何可疑的线索,而且今后似乎不太可能有什么收获。

"果然和牧村绘里有关吗?由加利到底掌握了什么信息?"

也许是因为曾经和由加利见过面,直井说话的语气听起来很感慨。

"由加利曾经提到'华屋',她是不是有什么线索?"芝田合起《体育报》问道。

"听说昨天有人去了'华屋',问西原董事长有没有听过真野由加利这个名字,西原董事长毫不犹豫地否认说没听过。"

"董事长是西原正夫吧?不知道他看到刑警上门有什么反应。"

"那还用问吗？听说他很不高兴，搞不懂一个小女生自杀为什么把他也卷进去。虽然我们也想知道之间的关联。"

"但我认为'华屋'应该并非完全和案子无关。因为牧村绘里是在'华屋'的感恩派对结束后不久死的，西原家的人都出席了那场派对。"

"家人吗？对了，昨天晚上，队长说了一件有趣的事。"

直井说话时，推车贩售的列车员刚好走过来，芝田买了两杯咖啡和两份三明治。

"什么有趣的事？"

芝田小心翼翼地把奶球加进咖啡里问道。

"就是'华屋'继承人的问题。虽然目前西原正夫是董事长，长子昭一是副董事长，但下任董事长未必是昭一——这里的咖啡很不错嘛。"

直井称赞着纸杯里的咖啡。

"有其他候补人选吗？"

"是啊，次子卓二可以一较高下，三男健三则是大冷门。总之，正夫的身体暂时还不会有什么问题，所以他似乎打算慢慢观察。"

"他们三兄弟之间看来会展开激烈的竞争。"

"西原正夫似乎就喜欢玩这一套。之前还有一个人介入他们兄弟之争，就是那个姓佐竹的男人。"

"我知道他。"

芝田记得那双凹陷的眼睛和没有表情的嘴角。那种人绝对不会流露自己的真心。

"他要和那三兄弟相争吗？"

"这种说法并不准确。听说几年前，健三被正夫逐出家门。虽然现在健三仍然是'阿斗'，但当时的情况更严重。健三经常拿店里的商品做人情，于是很有实力的佐竹就浮上了台面。听说他很擅长做外国人的生意，所以正夫原本说好今后把关西方面的业务都交给他。"

"但最后没有谈拢。"

芝田咬了一口火腿三明治。

"就是这么一回事，因为又把健三找回来了。虽然我不知道详细的情况，但正夫改变心意让佐竹去辅佐健三，用这种无趣的安排摆平了佐竹。"

"正夫为什么会改变心意？"

"这就不知道了。说到底，即使健三只是个'阿斗'，终究是自己的儿子。"

列车经过滨松，直井慌忙打开三明治。

虽然他们一直在聊"华屋"，但今天去名古屋的目的和"华屋"没有任何关系。他们要重新了解高见雄太郎命案的相关情况，以及丸本在名古屋期间的生活。最好能掌握绘里和由加利正在调查的事，但恐怕没那么顺利。

他们在上午十一点抵达名古屋。

在名古屋车站搭上出租车后，他们前往位于中区的爱知县县警总部，名古屋城就在县警总部的北侧。

他们先去拜访了刑事部部长，然后去了搜查一课，一个姓天野的刑警接待了他们。天野一脸络腮胡子，看起来像个做粗活的人。

"那起事件有点难说清楚。"天野翻着资料，一脸不快，"伊濑耕一是凶手——这件事本身没有问题，也有好几个证据。问题在于他和高见雄太郎到底有什么关系？完全没有，完全找不到他们之间的交集。最后只能认为是伊濑想抢劫，高见雄太郎刚好成为被害人。"

"伊濑缺钱吗？"芝田问。

"好像是，他想成为画家，但听说那行很不容易。他的老家在岐阜，家庭并不富裕，家里没办法在经济上援助他。"

芝田之前曾经听说，如果没有金钱和人脉，就无法成为画家。

他抄下伊濑耕一老家的地址。

"伊濑的性格怎么样？看起来像是会做这种事的人吗？"

直井在一旁插嘴问道。

"听认识他的人说，他是很懦弱的人，根本不像会杀人那种。但有时候越是这种人，就越容易……"

"你说得对。"直井点点头，"越是这种人就越可怕。"

"高见的家人也说不认识伊濑吗？"芝田问。

"当然。"天野回答道，"我们调查过他生意上和私人的关系，都没有发现他和伊濑有任何关联，甚至猜想也许高见雄太郎对绘画有兴趣，因此认识伊濑。不过，仍然完全没有人听说过这方面的事。伊濑那家伙既然写了遗书自杀，就应该写得更详细啊。"天野不满地说。

"我们可以看一下遗书吗？"芝田问。

"可以啊。"天野把档案拿到他面前，上面贴着遗书的复印件。

上面用工整的字写了以下内容。

爱知县警：

　　我杀了高见雄太郎，请原谅我。

绘里：

　　能够和你一起听披头士很幸福。

伊濑耕一

"这么简单啊。"直井嘀咕后问天野，"确定是伊濑写的？"

"我们做了笔迹鉴定，的确是他写的。"天野以有点严肃的表情回答，语气似乎表示他们不可能犯这种低级错误，芝田也认为不可能，天野又补充道，"伊濑的自杀同样没有疑点，现在几乎不可能把他杀伪装成自缢。"

"听说他是在自己的租屋里上吊的？"芝田问。

"没错。"

"他是怎么上吊的？"

"他房间的天花板附近有一个开关式的换气口，他把绳子挂在那里。发现者是住在公寓后方的家庭主妇。她去晾衣服时，隔着窗户玻璃看到尸体挂在那里，大声尖叫起来。"

太可怜了。芝田不禁开始同情那位家庭主妇了。

"你们当时见过牧村绘里吧？"直井问。

"见过，"天野点点头，"听说她日前在东京死了。"

"嗯嗯，她当时知道伊濑犯案的事吗？"

"看起来似乎不知道,我至今仍然记得她在得知伊濑自杀时慌乱的样子……"

天野似乎想表达绘里看起来并不像是装出来的。

"还有其他和伊濑熟识的人吗?"

"有一个他美术大学时的朋友,名叫中西,但这个姓中西的人和事件没有关系。他在一家与设计相关的公司工作,事件发生当天,他在公司熬夜加班,有证人。除了中西以外,就没有其他和伊濑有来往的人了。"

那家设计事务所就在名古屋车站附近,芝田向天野打听了联系方式并记了下来。

"最后还是不知道高见雄太郎去现场的理由吗?"芝田问。

"不知道,但可以推测,伊濑用某种手段把高见约出来……只不过完全无法证实是什么手段。"

天野露出愁容。

"高见雄太郎的死对谁最有利?"

直井问了这个意味深长的问题,似乎在怀疑伊濑犯案背后另有隐情。

"根据我们的调查,并没有人能够得利。"天野回答时的语气格外谨慎,"虽然他的弟弟康司接手成为董事长,但很难说他得到了什么好处。相反,高见家因为那起事件失去了很多东西,他女儿的婚事也告吹了。"

"婚事?"芝田问道,"怎么回事?"

"高见雄太郎的女儿原本婚事已经谈得差不多了,结果发生了那起事件。后来,她就无暇处理婚事了。"

"这样啊……"

对高见家来说,这起事件真的就像一场噩梦。

离开县警总部之后,他们根据从天野那里得知的电话号码,打电话去设计事务所。刚好是中西接的电话,芝田问他等一下是否可以见面。中西听到他们说是从东京来的刑警,似乎有点惊讶,但还是同意见面了。

"我知道伊濑很缺钱。我们这些老同学中,很少有人当画家,大部分都是在学校当老师,或是从事设计方面的工作。虽然我也这么劝伊濑,但他说他的性格不适合当上班族,所以他一边打工画人像,一边持续创作。"

中西在设计事务所里接待了芝田和直井。办公室中央有四张制图台,目前有两个人在使用,其中一个是男人,另一个看起来像女大学生。制图台周围很凌乱,在不远处有简易的沙发和茶几,他们在那里谈话。

中西虽然很高大,但有一张娃娃脸,看起来像是有点苍老的学生。他有点发福,衬衫绷得很紧。

"所以,你能够理解他为什么会犯案吗?"芝田问。

"有一点,"中西说,"但还是很惊讶。"

芝田问了他是否知道伊濑和高见雄太郎之间的关系,他说完全不知道。因为爱知县警之前就已经问过他了,所以芝田原来就不抱期望。

芝田提到绘里的名字。中西并不知道她已经死了,得知她在东京死了的消息,他露出悲伤的眼神。

"你最后一次见到绘里是什么时候?"

"她去东京之前,来向我道别。"

"她当时的状态怎么样?有没有提到伊濑的案子?"

"我想想……"中西看向墙壁的方向,那里贴着玻璃工艺展的海报,但他并不是在看海报,"我不太记得最后一次见面的情况,但只记得她那一阵子总是若有所思的样子,看起来似乎不像是因为受到打击而陷入沮丧。"

之后,芝田又提到丸本和"华屋",问他是否知道。中西说他知道"华屋",但只是因为它很有名。

离开中西所在的事务所后,芝田和直井前往名古屋的地下街吃了咖喱饭。年轻的男女从店门前走过。

"名古屋还是太落后了。"直井很快就吃完了,一边喝着水,一边看向马路,"几乎看不到迷你裙,在这个大家都穿紧身衣服的年代,这里的人竟然还穿那种根本看不出身材的衣服。你看那个女生,那根本就是昭和年代大姐头穿的裙子。"

"你说得这么大声,小心被人翻白眼。对了,接下来要去哪里?"

"先去中村分局,然后去绘里的老家。"

丸本在创立班比公关公司之前,曾经一度回到名古屋。之前芝田他们请中村分局调查了他在名古屋期间的情况。

"伊濑的老家怎么办?"

"岐阜。"直井不耐烦,"太远了。"

"等会儿我们联系一下组长,请他下达指示。"

离开地下街后,他们一起前往中村分局。中村分局并不远,走路就可以到。

"他四年前从东京回到这里,在家里帮忙了一阵子。他的母亲在竹桥町开咖啡店,但不幸在半年后猝死。之后就由丸本独自经营,听说做得很辛苦。"

姓藤木的年轻刑警向他们详细地说明了情况。

"他没有其他家人吗?"芝田问。

"没有。他在两年前关掉咖啡店,又去了东京。"

"他卖了咖啡店和家宅吗?"直井问。

"对,但好像是拿来还债了,他手上并没有剩多少钱。"

"有和那时候的丸本很熟的人吗?"

"他以前那家咖啡店附近有一家印刷厂,印刷厂的老板是他的高中同学。"

藤木说完,画了简单的地图给他们。

芝田和直井道谢后走出中村分局,看着简单的地图向印刷厂走去。距离不到一公里,在名叫黄金大道的宽敞道路旁,他们看到一家挂着"山本印刷"招牌的店,旁边是一家小型信用合作社。

印刷厂的老板姓山本,身材微胖,看起来像商人。他说清楚地记得丸本的事。

"他那时候经营咖啡店,但一直说想回东京重整旗鼓。后来,终于下定决心去了东京。听说他现在开了一家公关派遣公司,太厉害了。"

芝田向山本打听丸本在去东京之前的情况。山本抓着头发已经变得稀疏的脑袋说："他总是说资金不足，还曾经向我借钱，说一百万或者两百万日元都没关系。我说开什么玩笑，没有答应。最后，他好像卖了房子和咖啡店，筹到了这笔钱。"

"丸本在这里的人脉很广吗？"

"应该认识不少人吧。"

"请问，你认识这两个人吗？"

芝田拿出两张照片，那是牧村绘里和伊濑耕一的照片。山本皱着眉头打量了片刻，随即摇了摇头。

"我想到一件事。"

芝田抓着地铁的吊环，站在他身旁的直井嘀咕道。他们正准备前往一社车站——绘里的老家所在的地方。芝田已经做好了心理准备，知道这次上门不会受欢迎。

直井继续说道：

"虽然我不知道两者有没有关系，但我们在追查两个男人的轨迹——一个是伊濑，另一个是丸本。目前虽然还没有发现他们的交集，但他们有一个共同点，那就是两个人都想要钱。虽然每个人都想要钱——我也想要钱，但他们对金钱的渴望和别人不一样。他们都梦想可以开辟新的事业，所以需要一大笔钱。丸本成功了，伊濑则因为杀人而身败名裂。"

"两个人的境遇完全相反，其中有什么蹊跷吗？"

"不知道。如果有的话，一定和金钱有关，尤其是丸本。他还完债后剩下的钱，数目没有多到可以创立公关公司。"

抵达一社之后，他们沿着之前来过的道路往北走。名古屋的车流量很大，不过道路很宽敞，步行者走在路上很安心。

绘里的父亲和哥哥规之在店里，他们一看到芝田和直井，都显得很紧张。绘里的母亲似乎出门买东西去了。

规之请父亲照顾店里，然后他把两名刑警带去后面。

规之对他们已经知道伊濑耕一的事并没有太惊讶，他应该已经猜到了，但他为自己因为面子问题而故意隐瞒这件事道歉。

当他得知绘里的好朋友遇害时很惊讶。芝田告诉他，正因如此，警方目前正在重新调查绘里的自杀事件。

"伊濑死了之后，我从来没有和绘里聊过那个案子，她也好像一直避谈那件事。"

规之用沉重的语气说起了当时的事。

"绘里去东京时，有没有说什么？"直井问。

"并没有特别说什么……我们还以为她是想忘记伊濑的事。"

规之用手掌摸着冒出来的胡茬儿。

芝田要求再看一次绘里的房间，规之欣然答应了。

规之带他们来到二楼那间三坪大的房间，房间里和上次来的时候一模一样，但似乎经常被打扫，屋内并没有灰尘。

芝田和直井在征求规之的同意后，开始检查绘里的房间，希望能够找到和伊濑犯案有关的东西。

"芝田。"正在检查壁橱的直井叫道，芝田走过去，规之也靠了过来，"这个看起来像是绘里。"

直井手上拿着一张差不多 A2 大小的画。画中的女人托腮微笑着，那的确就是绘里。

"还有其他的吗?"

芝田探头向壁橱里张望。

"应该有不少。"规之回答。

他拉出一个扁平的纸箱,里面有许多画了画的画纸。除了绘里的肖像以外,还有几张风景画。芝田觉得画得很棒,但可能内行人会有不同的评价。

"还有人像画。"

里面有十多张应该和本人很像的人像画,但并没有绘里。直井严肃地看着每一张画。芝田知道他的目的,其中可能有和事件有关的人物。

"这些人像画可以借给我们吗?"芝田问。

"可以啊,"规之回答,"其他的画不需要吗?"

"目前还不需要,但请好好保管。"直井说。

"那幅画也是伊濑的作品吗?"

芝田指着挂在窗户上方的一幅很小的画,那是窗外看到的一片街景。

"那是伊濑最后的画。"规之说,"他自杀的时候,这幅画放在画架上,颜料都还没有干。那是从他的房间窗户看出去的风景。"

"这样啊……"

芝田再度抬头看着那幅画。原本以为既然是伊濑自杀前最后的画,也许可以解读到他当时的心理,但那并不是一幅令人眼睛为之一亮的画。

"这幅画也请好好保管。"直井说。

除了画以外,并没有其他东西吸引芝田和直井的注意。他们无法了解绘里在伊濑死后,在这个房间里想了些什么。

"当时,她整天都把自己关在房间里,一个人听音乐,只有吃饭的时候才会看到她。"

"她那时候听什么音乐?"芝田随口问道。

"听各种音乐,但大部分是披头士的歌,听说伊濑也很喜欢。"

"披头士啊。"

芝田想起伊濑的遗书。

绘里:

能够和你一起听披头士很幸福。

2

芝田和直井在名古屋的商务饭店办理入住手续时,香子正走进涩谷的NHK礼堂。香子和高见的座位在第十排几乎正中央的位置,在大剧院观众席中属于最好的座位。

距离开演还有一段时间,管弦乐团正在调音,几个小孩子正在探头张望。一看那几个小女生的发型,就知道她们在上芭蕾课。

"第一次看芭蕾舞表演吗?"

可能因为香子好奇地东张西望,高见俊介这么问她。

"是的。"她据实以告,"但之前在电视上看过几次。"她在说谎,她之前从来没有看过古典芭蕾舞这么优雅的节目。

"和电视上的不一样,应该说完全不一样。职棒也一样,不看现场就无法了解真正的乐趣。"

香子带着尊敬的眼神点了点头。

不一会儿,高见向她提起由加利的事。场内的灯光即将暗下来时,他说那天打电话时还不知道,之后看报纸才得知。

"我看到发现者是你,你和她很熟吗?"

"也没有……只是认识而已,最近刚认识。"

"这样啊,这一阵子连续发生了不幸的事件。"

"就是啊。"

场内的灯光暗了下来,管弦乐团开始演奏前奏曲。帘幕很快就打开了,舞台上出现了像从绘本中走出来的舞者。

看完芭蕾舞表演后,高见邀香子一起吃晚餐。位于赤坂的这家法国餐厅里的日式装潢令人联想到大正时代,椅子和墙上的架子也都充满装饰艺术的味道。

"太棒了!《天鹅湖》看几次都不会腻。"高见喝着葡萄酒满足地说。

香子也笑着回答,今天的芭蕾舞表演并没有她原本担心的那么无聊,她觉得自己好像体会到了芭蕾舞的奥妙。

"今天谢谢你陪我,真是太感谢了。"

高见郑重地说道,香子笑着摇头。

"我很高兴有这个机会。"

"听你这么说,真是太好了……你会不会原本很忙?"

"不会,没事啊。"

"那就太好了。"高见放下酒杯,指尖在桌子上"咚咚"地敲着,"你朋友……是不是叫真野由加利?"

他似乎在说前几天发生的事件。香子默默地点点头。

"我看报纸上说,这次的案子似乎和你另一个朋友自杀有关系?"

"对,但目前还不太确定。"

"这样啊……"

高见皱起眉头看着斜下方,似乎在思考什么。香子抬眼看着他的脸,叫了一声:"高见先生。"

"啊,是,怎么了?"高见停顿了一下,慌忙回答。

"你很关心这次的事吗?"

高见有点心虚地问:"这次的事?"

"就是最近发生的很多事,绘里的死,还有由加利被杀的事件。"

香子目不转睛地注视着高见的眼睛。他用力眨了几下眼睛,移开视线,但又立刻看着她。

"为什么这么问?"

"因为,"香子嫣然一笑,"我感觉到你很在意。而且,嗯,你想从我这里打听消息。"

"……"高见沉默不语。他可能不知道该怎么回答。

香子今晚说这番话并不是一时冲动,因为她早就想好了,有必要视情况打开天窗说亮话。他果然知道由加利已经死了,而且知道这次的事件也和香子有关，所以才会约她见面。

"我知道绘里前男友的事。"高见听了香子的话，惊讶地微微张开嘴，香子看着高见，继续说道，"而且，我也知道她的前男友和你之间的关系。所以，你不需要有所隐瞒，只要你愿意对我说实话，我就会尽力协助你。"

香子改变了策略。

之前，香子觉得只要见面，就可以找到机会，但现在她认为如果高见想利用自己，不如主动告诉他自己乐意协助。况且，高见有不在场证明，所以他并不是凶手。

短暂的沉默后，高见淡淡地笑了。他再度举起酒杯，喝完剩下的酒，然后深深叹了一口气。

"你真是太厉害了。"

"你愿意告诉我吗？"

他没有立刻回答，而是手上把玩着空酒杯，他手心的温度让杯子微微起了雾。

"你知道高见雄太郎是我的伯父吗？"他终于开口道。

"我知道。"香子回答。

"我对伯父被杀一案有疑问。"

"你是说，伊濑不是凶手吗？"

"不，凶手应该就是他，但我认为那起事件还有其他隐情。"

"为什么会这么想呢？"

"这个嘛，"他的喉结动了一下，似乎把什么吞了下去，"……还不能告诉你，我也没有告诉警察，我花了很多时间在这件事上。"

"这样啊……"香子虽然很好奇，但她认为此时还是不要苦苦追问比较好，"好，那我就不问了。但如果你想知道什么，随时可以开口，我会知无不言。"

高见露出好像在看什么耀眼的东西的眼神说：

"你真是出色的女性。"

"我们干杯吧。"香子说。

高见举起一只手，找来了服务生。

3

芝田第二天早晨七点醒来，他叫了晨唤服务。

挂上电话后，他看向隔壁的床，直井蜷缩着身体背对着他，似乎还不打算起床。

芝田翻身下床后，去盥洗室刷牙。他在镜子里看到自己冒着胡茬儿的脸，不知道是不是心理作用，他觉得眼睛下方出现了黑眼圈，于是换了不同的角度照镜子。

今天要去岐阜。昨天，他们和搜查总部联系后，接到了要去伊濑的老家的指示。

去伊濑的老家之后，还要再去爱知县警总部一趟。搜查总部期待他们能带成果回去，芝田当然很希望能回应他们的期待。

——但这次恐怕他们会空手而回。虽然那些人像画也算是成果，但还不知道能够发挥多少作用……

芝田在刮胡子时思考着这些事。

走出盥洗室，直井仍然打着鼾。芝田拿着钥匙走向门口，准备去买提神的饮料。

他的目光停在了门链上。

这里的门链和银座皇后饭店的构造大致相同。

芝田打开门，站在走廊上，摸着门链。门链可以轻易取下，但站在门外无法扣上门链，必须将门完全关起来，才有办法扣上。任何国家的门链都一样。

芝田再度回到室内，在内侧又试了一下，结果还是一样。

——门链的长度和底座的间隔是关键。门链的长度做得刚刚好，如果再稍微长一点，应该就可以从外侧扣上了……

想到这里，他突然灵光一闪：凶手说不定在门链的长度上动了手脚。

——不，不行。如果这么做，只要事后一看就知道了。

他又走出房间，买了提神的饮料回来。直井还在睡觉，芝田不由得佩服直井还真能睡。

他喝着提神的饮料，又站在门旁。既然门链的长度无法改变，或许可以改变底座的间隔，但这么做会更麻烦，而且会留下证据。

——等一下。

芝田拿着门链，又看着门，他发现自己忽略了一件重要的事。

对——他用力握住提神饮料的瓶子。

"直井，直井，你起来一下。"

他走到直井的床边，掀开毛毯，摇着他的身体。直井呻吟着，想钻进毛毯。

"起床了,有一件重要的事。"

"到底有什么事?我不吃早餐,再让我睡一会儿。"

"我有重要的事告诉你,"芝田在直井的耳边说,"我解开密室之谜了。"

第七章

和你一起听披头士

1

和高见俊介去看芭蕾舞表演的第二天晚上,香子下班后买了一大堆食材,在公寓的厨房里陷入了苦战。

"呃,什么……把牛肝浸泡在盐水里揉洗之后再冲洗数次吗……"香子看着食材和食谱嘀咕着。食谱也是今天刚买的。

"只写冲洗数次很让人伤脑筋啊,也不写清楚到底洗几次。这是怎么回事啊?我已经洗了好几次,可还是洗不干净。"

她觉得差不多了,就不再继续洗了。

"剥去外层的薄皮——好,剥好了。切成一厘米大小……这未免太小了,大块点才比较好吃啊。"

于是,她决定把牛肝切成两三厘米大小。食谱上写着接下来的步骤是"稍微氽烫一下"。

"稍微是多长时间?我讨厌这种凭感觉的写法,要写清楚一点才好啊,否则初学者怎么看得懂?"

除了意大利面和三明治,香子从来没有做过像样的料理,今天这样边嘀咕边努力学做菜是有原因的——她和高见俊介约好,下次要做饭给他吃。

虽然她觉得这样的约定根本是自找麻烦,但又想在他面前好好表现,真的是两难。

好不容易做完了，她却没什么食欲，因为她中途已经尝了好几次味道，更重要的是她现在精疲力竭，胃似乎罢工了。香子拿了一罐啤酒坐在窗前当作开胃酒，看着下方的公园润喉解渴。

她回想着和高见的对话。

——为什么不能告诉警察？

香子想起高见说的话——在高见雄太郎遇害的事件中，似乎还隐藏着什么秘密。

听高见的语气，他应该知道那个秘密，但他说没有告诉警察，当然也没有告诉香子为什么要隐瞒这件事。

"但是，请你相信我，我和你朋友的死毫无关系，我也绝对不会骗你。"

他用真挚的眼神看着香子。"嗯，我相信你。"香子也注视着他的双眼，惺惺作态地说。

——只要事件能够解决，那就皆大欢喜了。

香子大口地喝着剩下的啤酒，突然看到芝田从公园里走过来，拎着一个大行李袋。他昨晚没有回家，可能出差了。

香子穿着围裙走出房间，在过道上等芝田。芝田松开了领带，迈着沉重的步伐走上楼梯，看到香子站在过道上有点惊讶。

"有人迎接我回家真是太开心了。"

芝田的笑容中带着疲惫。

"我在窗前看到你回来。你饿了吗？"

芝田看着手表回答："六点吃了咖喱面包后就没再吃东西。"现在已经十一点了。

"那你要不要吃我做的菜？我做得太多了，有点伤脑筋。"

"所以才在这里等我吗？"

"我也想看看你，这是真的。"

"就姑且当作真的吧。"芝田拎着行李袋走进香子的房间，用力闻着，"味道好重啊。"

"你要说很香。"

"虽然也包含了香味，但好像混杂着很多不同的味道——"

他看到厨房后，说不出话来。

"发生什么事了？"

"没发生什么事，我在做菜。"

"简直就像厨具和食物发生了战争。"

芝田一脸茫然地打量着厨房。厨房里堆着刚才香子下厨时用的汤锅、平底锅、菜刀、汤匙、量杯等，而且到处都是蔬菜屑、牛肝的皮和鸡蛋壳，还有马铃薯的皮垂在流理台旁，在排气扇带来的微弱气流中摇晃着。

"对不起，厨房有点乱。"

香子说完，关了排气扇的开关。

"不用这么说，不过，"芝田看着餐桌上做好的菜，再度瞪大了眼睛，"这些全都是你做的吗？"

"对啊，是不是很厉害？我说好下次要去他家做饭给他吃，所以今天先练习一下。"

"就是高见不动产的少董吗？"芝田露出无力的表情，"原来我只是试吃员。"

"你不要这种表情嘛,我从来没有做过正式的料理,完全没有自信。既然是朋友,就要帮我的忙啊,而且我有葡萄酒哟。"

香子从冰箱里拿出一瓶冰过的葡萄酒,把开瓶器转进软木塞:"对了,你去哪里出差了?"

"名古屋。"芝田回答,同时拿起叉子,尝了最前面的那道菜,那是一道肉片包着肉碎、蔬菜和牛肝蒸熟的料理,他吃了一口后问,"这道菜叫什么名字?"

"香子流日式冻肉卷。"香子回答后,把白葡萄酒倒进两只酒杯,"去名古屋做什么?"

"很多事要办啊,去了解高见雄太郎命案的详细情况。"芝田边说边检查着肉卷里包的食材,"你的牛肝是不是没有完全去血水?"

"什么去血水?"

"你没有用水洗吗?"

"有啊,我在盆子里装水洗了好几次。"

"下次要用流水把血水去干净。"

"你竟然连这种事都知道?!"

"这是常识啊。而且,牛肝也切得太大块了,一厘米左右刚刚好,这应该有两三厘米了。"

芝田用叉子叉起牛肝,递到香子面前。

"书上说,切大一点比较好吃。"香子面不改色地说。

"是吗?但我还是觉得稍微小一点比较好。"

他又张大嘴巴,把一大块冻肉卷送进嘴里,然后喝着葡萄酒。香子也拿起了酒杯。

"去名古屋有没有什么收获？"

"虽然不知道能不能称为收获，但至少我们做了力所能及的事。"

"我想听。"

"我们又去了绘里的老家。她哥哥向我们道歉，说不该隐瞒伊濑耕一的事。"

芝田说完，开始喝菠菜浓汤。他喝了汤后，陷入了沉思。

"在绘里家有什么新的收获吗？"

"她哥哥说，伊濑自杀后那段日子，绘里每天都一个人听披头士的歌。"

"听披头士的歌……怎么了？不好吃吗？"

芝田喝了菠菜浓汤后，表情有些奇怪，香子不禁问道。

"也不是。"他摇了摇头说道，"只是觉得味道很有个性——绘里之所以会听披头士的歌，是因为之前和伊濑交往时，他们经常听披头士的歌。伊濑留给她的遗书上还写着'能够和你一起听披头士很幸福'。"

"是吗……"

香子觉得好像在哪里听过类似的话。那是谁说的？还是自己记错了……

"不过，在绘里的老家没有太大的收获。"

芝田虽这么说，但看起来并没有太失望，香子感到有点奇怪。

"你还去了哪里？"

芝田吃着沙拉里的小黄瓜说："还去了岐阜——伊濑的老家在岐阜，去一趟看有没有什么情况值得参考。结果发现那里很乡下，我们吓了一跳。"

"有没有掌握到什么?"

"没有,"芝田很干脆地回答,"只知道那里很乡下。"

"其他呢?"

"什么其他?"

"你刚才不是说有很多事要办吗?但又一直说没有收获,为什么要瞒我?"香子用强烈的语气说道。

芝田没有看她,他放下叉子回答:

"没有隐瞒你,因为没有收获,所以就实话实说。"

"骗人,你自己可能不知道,你心里想什么都会写在脸上。如果完全没有收获,你的脸会更臭。"芝田似乎不太高兴,但香子并不在意,"告诉我嘛,到底查到了什么?"

芝田仍然没有看她:"刑警不能对外人透露侦查上的机密,我必须遵守规定。"

"为什么?你以前从来没有说过这种话。"

香子从迷你裙下露出膝盖,移向芝田身旁。他沉默了片刻,随即下定决心,转向她的方向说:

"我之前曾经提过,我觉得那家伙很可疑。但是,你还是要做饭给他吃。既然这样,我怎么可能告诉你侦查上的机密?"

"等一下,你说的可疑对象是高见先生吗?"

"当然啊。"芝田点了点头。

香子表达抗议:"他才不可疑,而且还有不在场证明。"

"他可以找别人动手。"芝田若无其事地回答。

香子很受不了地摇着头。

"他根本和这件事无关，他也想了解真相。"

芝田听到她的话，愣了一下。惨了，她立刻捂上了嘴巴。

"你说他想了解真相……这是怎么回事？"

"就是……"香子吞着口水，她想不到怎么撒谎，"他说，他对高见雄太郎遭到杀害的事件有疑问。如果和这次的事有关，他也想了解真相……"

芝田一脸凝重地打量着她，带着严厉的眼神，他点了两三次头。

"原来是这么一回事。你想从我这儿探听消息，然后去告诉他？"

香子无言以对，她无法否认自己的确有这种想法。如果想协助高见，这个方法最直接。

"我懂了。"香子没有说话，芝田站起身，拿起行李袋和上衣，"原本以为你是很聪明的女生，但我太失望了。"

他说完这句话，就大步走向玄关。

"等一下嘛。"香子叫出声，芝田没有回答，而是重重地关上门离开了。

"干吗这样？！"她不禁嘟着嘴，"有必要这么生气吗？"

她看着桌上剩下满满的料理，不禁叹着气，似乎必须自己解决这些食物了。她拿起芝田留下的叉子，叉起一块肉放进嘴里。

香子皱起眉头。

"哇，好难吃。"

2

第二天下午，几个男人神情严肃地聚集在银座皇后饭店二楼的走廊上。除了松谷警部、直井，以及筑地分局的两名刑警，饭店的总经理户仓也在。户仓很希望赶快摆脱那起事件，毫不掩饰脸上不耐烦的表情。

"那我就开始说明。"芝田站在二〇三号房前，看着松谷警部和其他刑警的脸，"我现在来重现当时的情况，请大家看仔细。"

他把手上的钥匙插进钥匙孔，缓缓地推开门。有人不禁"哦"了一声。他们从门缝中看到了门链。

芝田握着门把说："这时，铁剪上场。"直井立刻把铁剪递到他的手上。芝田用脚抵住门，避免门被关上，然后用铁剪用力地剪断了门链。剪断的门链垂下，门开向内侧。

"没有人。"

松谷向房间里张望后说。

芝田继续说道："接着发现尸体，丸本先请户仓先生打了电话——户仓先生，请你像那天一样。"

户仓一脸不悦，但似乎很好奇门链到底有什么诡计，在房间里东张西望后，走向电话。

"接着，丸本又赶走一旁的服务生，说班比公关公司的人可能还在大厅，叫他去把人找来。也就是说，当时只有丸本一个人在门旁。"

芝田用手掌拍了一下门。门开着，所以移向房间里墙壁的方向。

"这时，他完成了最后一个步骤。"

芝田说到这里，稍微移动了一下门，让所有人都可以看到门的内侧。所有的刑警都立刻惊叫起来。

"原来是这样！"松谷佩服地说道，他的声音最大，"还有这种方法啊。"

"和'哥伦布立蛋'一样。"

芝田把手伸向有问题的部分，剪断的门链被胶带粘在门上。也就是说，刚才打开门的时候，门链就没有挂在底座的沟槽中，只是前端被胶带粘在门上。这意味着，凶手在离开房间后，可以轻易地动这样的手脚。

芝田和凶手一样，撕下胶带，把剪断的门链重新挂在沟槽中。

"这样就结束了。"他看着所有人，"虽然丸本的指纹会留在门链上，但这并不是多大的问题。因为他说在剪断门链之前他曾经碰过门链，试图把门链解开，有他的指纹很正常。而且，也是他剪断门链的。"

"所以，丸本必定和这起事件有关，只是到底是主犯还是共犯的问题。"

松谷双手叉腰，抬头看着天花板，这是他在整理思绪时的习惯动作。

"很出色的推理。"松谷说，"但是缺乏说服力。"

"没错，"芝田一脸严肃地点点头，"可惜没有证据。"

芝田离开银座皇后饭店，坐在回程的电车上思考密室的诡计。目前假设已经成立，而且已被证明可以施行，只不过无法证明凶手用了这个诡计。既然无法证明，就只是幻想而已。

——既然诡计只用了胶带,那就根本没办法证明。

他看着车厢里的广告,想转换一下心情,发现那是大型冰箱的广告。不知道为什么,站在冰箱旁的年轻女生竟然穿着泳衣,她双手拿满了蔬菜,准备放进冰箱。

芝田看着那个广告,想起昨晚和香子之间的对话。自己为什么会说那些话?他至今仍然觉得心里很不舒服。

香子喜欢高见俊介,相信他和事件没有关系。既然喜欢他,当然会这么认为,即使芝田抱怨也无济于事。而且,她想为心仪的男人打听消息是人之常情,这或许就是女人的心。

但是——

芝田还是觉得不开心。为什么不开心?在思考这个问题时,芝田想起香子昨天做的菜。虽然味道很奇怪,但他有种怀念的感觉。

"还有另一个问题。"站在他旁边握着吊环的直井嘀咕道,打断了芝田的思考,芝田扭过身体,看向他的方向,"那就是,绘里自己准备了氰化钾。如果她不是自杀,到底是怎么回事?"

"关于这个问题,我有个想法。"芝田说。

"你是不是想说,绘里原本想用氰化钾来杀死凶手?"直井立刻说道,芝田也这么认为,"但最后却是绘里死了。为什么会变成这样的结果?难道凶手发现绘里下毒,然后交换了有毒药和没有毒药的杯子吗?"

"有办法做到吗?"芝田问。

"如果动作快一点,应该有办法吧。"

"不是。我是说,有办法乘对方不备下毒吗?"

芝田想象着绘里和凶手在饭店房间里面对面的情景。桌上有两个杯子，两个杯子里都有啤酒。绘里身上有毒药纸包，正在伺机下毒。

"有点难。"

直井似乎也在想象同一件事。

"在心理上不太可能。"芝田表示同意，"绘里是在房间里等对方的，所以可以一开始就做好了准备。难道是加了对方无法察觉的量吗？不，不是这样。鉴识报告上说，啤酒杯里的氰化钾分量没那么少，所以应该是加在啤酒瓶里。"

"但是，啤酒瓶里并没有检验出毒药成分。"

"是啊。"

芝田说话的音量也变小了。难道真的是乘对方不备，直接加在杯子里吗？但芝田认为对绘里来说，这是非常需要勇气的行为。但除此以外，他想不到其他的可能性。

——还有一个不解之谜。

"除了密室以外，还有一个不解之谜。"芝田嘀咕道。

3

电话铃声响起时，香子还在床上。她一看时钟，已经上午十一点多了，难得睡了一个懒觉。这两三天因为密集练习下厨，简直累坏了。她还想再睡一会儿，但电话铃声响个不停。

——啊，搞不好……

她猛然从床上跳起来，可能是高见打来的电话。

电话在吧台桌下方，旁边就是拖鞋。这一阵子，厨房附近已经成了战场。

她接起电话，还来不及发出声音，电话里就传来一个声音问：

"是小田小姐吧？"

"是。"香子觉得这个声音很熟悉，想了一下，立刻想起声音主人的脸，惨了。她皱起眉头，但已经来不及了。

"是我，是我啊。"

轻浮的声音震动耳膜。香子不禁移开电话，对着话筒问："请问，是哪一位？"

"真伤心啊，是我啊，'华屋'的健三。"

"哦。"果然是他，香子很沮丧，但还是挤出亲切的声音说，"那天真是感谢。"毕竟收了他送的珊瑚胸针。

"不不不，那种小东西不必道谢。但是，我们当时不是约好了吗？我们等一下一起去吃饭吧？"

"啊？吃饭？"香子不禁尖声问道，她的确记得随口答应了他的邀约，"哦，这样啊。啊，但是不行，我今天有工作。"

"工作？你是说公关工作吗？"

"对啊，我们公司完全不让人休息。今天，我要去赤坂皇后饭店，还要去江户川河畔饭店，还有芝田饭店。"去皇后饭店是真，其他两个地方是她随口编的，"我等一下要去美容院做头发，然后直接去上班，回到家可能都要半夜了。"

"这样啊，真辛苦。"

"真的很辛苦啊。如果今天不用上班,我很乐意一起去吃饭。"

"如果是这样,你真是太幸运了。"

"?"

不祥的预感掠过心头,香子说不出话来。

健三心情愉快地继续说着:"我猜想到会有这种情况,所以刚才打电话去你的公司,跟丸本老板说,你今天的工作就是当我的私人公关。这样我们就可以安心地约会,班比公关公司也可以赚到钱,真是皆大欢喜啊。"

香子茫然地握着电话,听着健三爽朗的笑声。

健三问她想吃什么,香子出于两个原因立刻回答说要吃怀石料理。原因之一,这两天自己每天都做肉类料理,已经对西式餐点有所抗拒了。另一个原因,怀石料理每道菜分量都很少,即使和倒胃口的对象一起吃饭,应该也能吃完。

在吃饭的时候,健三不出所料地说个不停,几乎都是内容空洞的话。说他之前迷上了宝冢歌剧团的演员,整天送珠宝给对方。结果,对方在一个月后把所有珠宝都用快递寄还给他。他想开游艇环游日本一周,从横滨出发后,得了急性阑尾炎,只好中途放弃。当然也有自我吹嘘的内容,他最得意的就是他之前住在美国,几年前才回到日本。香子问他在美国干什么,他张大嘴巴笑着说:"当然是学习啊,凡事都要学习。"这算哪门子学习?香子不禁在心里骂道。

"对了,班比公关公司的丸本老板似乎很伤脑筋啊。"健三把鲷鱼生鱼片塞进嘴里后,好像突然想起了什么,笑着说道,"那个成为他情妇的公关自杀,自由接案的公关又被人杀害,警方一定会彻底调查他吧?再说,这还关系到公司的风评,他为了不让老主顾失去信任,简直使出了浑身的解数。我今天打电话给他,他还哀求我以后多多关照。"

应该是这样,香子心想。虽然不知道丸本是不是凶手,但他最担心因为这次的事影响公司的声誉。

"警方好像正积极调查,虽然不知道什么原因,但听说刑警也来我们公司调查了。"

香子想起芝田的话。由加利在遇害的前一天曾经向男性朋友打听"华屋"的董事长是谁,而且芝田还说"华屋"委托班比公关公司一事很不正常。

"西原先生,"香子用娇媚的声音开口,抬眼看着健三,"我听别人说,'华屋'是因为一位姓佐竹的部长推荐才会起用班比的。佐竹先生为什么会选择班比呢?"

健三的筷子停住了,他难得严肃地问:"佐竹?你听谁说的?"

"呃,是听班比的人说的。"

"是吗?"他一脸难以接受的表情,"宴会的安排都交给下属处理,应该是佐竹喜欢班比的哪位小姐吧。不过也因为这样,我才能够遇到像你这么漂亮的女生。来,再喝一杯。"

健三拿起酒盅,香子用手掌盖住杯子说:"不,我不喝了。"

午餐结束后,健三说要去华屋总公司。香子很想赶快摆脱他,但听到他说去公司的目的后改变了主意。因为健三说，目前总公司的展览室正在举办世界新宝石展。

"新宝石是什么？"香子问。

"去了就知道了。"健三向她挤眉弄眼。

展览室差不多十坪大，高密度地展示着被称为新宝石的作品。除了香子和健三以外，只有几位客人。健三说，这不是正式展示会，而是为"华屋"的客人中顶级的老主顾举办的。

"哇，好漂亮！"

香子看到一枚像火焰颜色的红宝石戒指，不禁激动得惊呼出声。这颗红宝石有3.99克拉，相当大。除此以外，还有祖母绿的戒指、项链，以及亚历山大石……每一颗都大得惊人。

"全都是人工的。"健三说，他看到香子惊讶的样子似乎很高兴，"准确地说，是合成宝石。"

"是仿造品吗？"

健三听了她的问题，嘴巴发出"啧啧"的声音，左右摇晃着食指。虽然他想要帅，但一点都不帅。

"仿造宝石虽然外观和天然宝石一模一样，但化学构造和组成完全不同。合成宝石虽然是人工制造的，但构造和组成与天然宝石完全一样。"

"所以，这些红宝石和蓝宝石，都和天然的宝石性质相同吗？"

"就是这样，像那枚红宝石的戒指周围的钻石都是天然钻石，但价格只要原本的十分之一。"

香子想起健三之前也提到人工宝石的事。虽然他是"阿斗"，不过可能仍在努力尝试开发新产品。

香子观赏着使用人工宝石制作的珠宝，发现周围的气氛突然改变了，工作人员显得很紧张。她抬头一看，看见一个一头灰发的中年男人带着一个身穿和服的女人进来。香子记得以前见过这两个人。

"嘿！"健三抬起手打了声招呼，中年男人点头应了一声。

哦，对了。香子想起来了。他是"华屋"的副董事长西原昭一。

"评价似乎不错啊。"昭一走过来说。

"以后是人造宝石的时代。"健三张大鼻孔得意地说。看来这次的展示会是他策划的。

"嗯，凡事都要试一下。"

昭一在说话时，瞥了香子一眼。香子很担心他会误以为自己是健三的女朋友，但昭一似乎对她并没有兴趣，不发一语地走向展示柜。

虽然香子设法拒绝，但仍然无法改变健三坚持要送她回家的意志。她无奈之下只好坐上他的白色奔驰，他心情愉悦地告诉司机前往的地点。

车上除了有电话和电视，还有冰箱。健三不知道在找什么东西，香子看着他，没想到他竟然拿出麦克风。他似乎想唱卡拉OK，开什么玩笑。香子被他吓到了。

"你哥哥看起来很优秀。"

香子为了拖延时间，随便找了个话题，但健三并没有停下手上的动作。副驾驶座椅子的靠背竟然是卡拉OK机。

"哥哥从小就被视为'华屋'的继承人，他自己也意识到了这件事，向来都很一本正经——你觉得《昨日》（*Yesterday*）和《浪花节人生》哪一首比较好？"

"那你二哥呢？"

"卓二哥目前在国外。还是 *My Way*？"

香子还在想下一句话，健三已经把录音带放进卡拉 OK 机了。在回到公寓之前，香子听他的破嗓子唱了三首歌。

抵达公寓后，健三不顾香子的婉拒，跟着她来到她家门口。他说向来都会把女生送到家门口，还说这是他的原则。香子很希望他赶快放弃自己的原则，但因为车子还等在门口，所以香子也稍微安心了些。

"呃，谢谢你送我回来……今天谢谢你的款待。"

香子用钥匙打开房门，鞠躬说道。但健三并没有打算离开，他打量着门口的名牌后说："我想看一眼，我对你的房间非常感兴趣。好，那就稍微看一下。"

好个屁啊。

"不，我的房间很乱。"虽然香子这么说，但仍然无法阻止他。他说着"没关系，没关系"，就推开门步入房间了。香子慌忙跟了进去。

但是，健三只是站在玄关，好像看呆了。

"怎么了吗？"香子问。

他叹了口气。

"真的很乱。"

"啊？"

香子走过健三身旁，看到室内的状况大吃一惊。家里乱成一团，好像遭遇了一场小型台风。

4

香子最先确认了藏在枕边的存折,幸好存折还在。只要存折没有被偷走,就可以暂时松一口气。她抱着存折,无力地瘫坐下来。

健三打完电话的几分钟后,附近派出所的巡查就赶到了。健三说有小偷入室偷盗,但香子立刻说不是这样,应该和由加利被杀一案有关,希望巡查联系相关的人员。

"歹徒到底在找什么?"

健三看着堆满餐具的流理台问。他似乎在思考,这是不是也是歹徒所为。

"应该是为了之前在由加利家里要找的东西,上次在那里没找到,所以就来我这里翻找。"

香子也不知道歹徒到底要找什么。

不一会儿,辖区分局的刑警来了。又隔了一会儿,芝田等人也到了。

＊＊＊＊＊＊

健三和其他刑警离开后,芝田留下来帮香子整理房间。他说或许可以找到什么线索,但刚才那些刑警已经调查半天了,香子认为不会有什么新发现。

"唯一可以确定的是,"芝田捡起散落一地的女性杂志说,"某个地方有对凶手很不利的东西。而且,凶手还没有找到那样东西。"

"到底是什么？"

"不知道，但由加利应该已经找到了，才会遭到杀害。问题在于凶手为什么知道她找到了，而且她到底把东西藏到了哪里？凶手猜想她交给你了，但她并没有。"

"她没有交给我任何东西。"

"似乎是这样。"

芝田继续默默地整理着，香子把衣服放回衣柜。

"你也和那个胖子交往吗？"

芝田边整理边问。

"没有，只有今天见面。我不是说了，他突然约我吗？"

"'华屋'也和这次的事件有关，最好小心一点，这是为了你好。"

"我知道。"香子回答。

芝田没有吭气，把 CD 和录音带放回架子。香子开始收拾餐具，但是看到芝田捡起录音带时，突然想到一件事。

"我问你，"她问道，"凶手在找的东西，应该不是由加利原本就有的东西吧？"芝田停下手上的动作，抬头看着香子，香子也看着他，"会不会是绘里的东西？"

"有可能。"芝田说，"非常有可能。但是，如果绘里把这么重要的线索交给由加利，由加利应该会更早发现才对。"

"所以……并不是绘里交给她的，而是偶然的机缘，交到了由加利的手上。而且，由加利并没有立刻发现那是重要的线索。"

"偶然的机缘才到她手上的吗？"芝田站起来，皱起眉头看着天花板问，"会有这种东西吗？"

"就是有啊。我第一次遇到由加利的那天晚上,她曾经告诉我,她在帮忙整理绘里的租屋处时,绘里的爸妈把绘里的 CD 和录音带全都送给她了。她说现在每天晚上听那些是她的乐趣。"

"啪嗒。"芝田打了一个响指。

"所以,线索隐藏在 CD 或者录音带里。由加利在每天晚上依序播放,发现了线索——"

"一定是录音带。"香子兴奋地说,"可能在录音带上录了什么内容。"

"等一下。"芝田微张着嘴,看着空中的某一点,"对了,绘里也做了相同的事。伊濑死后,她独自在房间里听披头士的歌,然后——"

他伸出食指,指向香子的方向。

"伊濑留给绘里的遗书上写着,'能够和你一起听披头士很幸福'。"

"所以,线索隐藏在披头士的录音带里。"

香子的话音刚落,芝田就冲向电话。

5

"原本还觉得接到了幸运的工作,但这样一直听,慢慢觉得有点痛苦啊。"

直井盘腿坐着,吃着泡面说道。他的面前放着 CD 播放机,目前正在放《嘿,裘德》(*Hey Jude*)。芝田和香子正在用小型收音机听着《女孩》(*Girl*)。

他们正在由加利的租屋处。芝田和香子觉得一定有什么线索隐藏在披头士的录音带里,所以请直井一起支援,听遍每一盒录音带。总共有二十多盒披头士的录音带,可能要花费不少时间。

"如果推理正确,"芝田在桌前抱着双臂,"伊濑在披头士的录音带里藏了什么。绘里在听他留下来的录音带后发现了,于是她就来到东京。录音带里隐藏着让她如此行动的秘密。"

"伊濑为什么要这么大费周章?写在遗书上的话,事情不就简单多了吗?"

直井说完之后,打了个大呵欠。香子也跟着打呵欠。心不在焉地听音乐是一种享受,但要聚精会神地听,以免漏听了什么,就会让人昏昏欲睡。而且,当听音乐变成了工作,就一点都不好玩了。

"一定有什么原因让他无法写在遗书上,但只要找到那盒录音带,应该就可以解决了。"

"希望可以这么简单。"

不一会儿,直井跟着录音带的歌声开始唱了起来。

* * * * * *

直井说:"对了,事情的确没这么简单。"他们三个人听完了所有的录音带,但并没有发现任何可能是线索的内容。

"太奇怪了。"芝田无力地嘀咕,"为什么找不到呢?"

"被凶手拿走了吗?"

"不,凶手并没有找到,所以才会去你家翻找。"

香子拿起身旁的录音带盒子,抽出曲目。

"会不会不是在录音带上,而是写在这里?"

"早就检查过了。"躺成大字形的直井说道,他旁边放着空录音带盒,"而且,我还检查了CD,但什么都没发现。"

"太奇怪了。"芝田又说了一次,然后抱着头。

"没什么好奇怪的,判断错误是常有的事,问题在于如何将失败运用在下一步。侦查本来就要按部就班。"

直井觉得大家的思考能力变得迟钝了,所以这么随口说道,但他仍然又重听着录音带。

香子看着目录的文字说:

"会不会曲名中隐藏着什么暗号?"

"暗号?"芝田抬起头。

"比如,第一个字母连起来,就可以成为一句话之类的……推理小说里不是经常有这种事吗?"

"嗯。"

芝田把录音带盒都搜集起来,看着目录上的文字,嘴里念念有词,可能正在尝试。

但是,他最后好像想到了什么,抬头看着香子摇头。

"不,不是这样。如果隐藏得这么复杂,就没有人能够解读出来,必须是绘里和由加利在无意之中能够发现的线索。"

"这样啊……"

香子觉得他说的话有道理,至少由加利并不是为了找线索才听这些录音带的。

"果然想错了吗……"

芝田似乎失去了信心,深深地叹了口气。

这时，直井坐了起来。

"喂，这有点奇怪。"

他手上拿着曲目卡，目前 CD 播放机没有播放任何歌曲。

"怎么了？"芝田问。

"我刚才没有发现，这盒录音带少了一首歌，是《平装书作家》（*Paperback Writer*）。你们看，目录上最后一首是这首歌，但录音带上并没有。"

香子也探头张望，目录的 A 面栏上写了一排英文字。《爱情无价》（*Can't Buy Me Love*）等六首歌，最后一首写着 *Paper back Writer*。

"我刚才听了一下，只到第五首《麦当娜夫人》（*Lady Madonna*），之后什么都没有了。"

"B 面呢？"芝田问。

"和目录上的一样，我也听了一遍，没有录其他的东西。"

B 面栏里什么都没写。

芝田发出低吟问："到底是怎么回事？"

"第一种可能，就是没有任何意义，不知道是在写目录时写错了，还是录音时出错了。总之，因为这种单纯的错误导致出现了这种情况。"

"如果有意义呢？"香子问。

两名刑警闭了嘴。

"也许，"芝田说，"这个部分可能曾经录了什么东西，录了歌曲以外的什么东西。"

"但是，什么都没有啊。"

"是啊。"

"这是怎么回事?"香子问。

芝田再度陷入沉默,直井用沉重的声音说:

"这还用问吗?原本录了什么,现在没有了,那就代表有人把那些内容洗掉了。"

第八章

Paperback Writer

1

第二天傍晚——

芝田和直井坐在班比公关公司旁的咖啡店里,班比公关公司负责业务的米泽一脸顺从地坐在他们对面。他轻轻推了推金框眼镜后,小声咳了一下。

"请问,要问我什么事?"

他的声音很高亢,芝田觉得他有点神经质。

"想请教你有关工作的问题。"直井说,"在公关去派对会场时,你都会一直留在休息室里待命,对吗?"

"对,这件事有什么问题吗?"

米泽的眼神不安地飘忽着,芝田认为他并不是擅长说谎的人。

"听说,公关的贵重物品都会留在休息室里?"

米泽听了直井的问话,脸上的表情有点紧张。

"保管贵重物品也是我的工作。"

"原来如此,所以绝对不会让外人进入休息室,对吗?"

"当然,绝对不会有这种事。"

"比如,"直井停顿了一下,看着米泽那张神经质的脸,继续说,"丸本老板有没有去过休息室?"

"老板吗?"米泽露出了不可思议的表情,"老板为什么要来休息室？"

"所以，他最近没有去过休息室，对吗？"

"嗯。"米泽点点头。

这个问题和小田香子家被人翻箱倒柜有关，因为他们很纳闷歹徒是如何进入她家的。香子断言，她绝对锁好了门，而且门锁并没有被人撬开的痕迹，因此很可能是歹徒通过某种方法制作了她家的备用钥匙。但香子说，她从来没有把钥匙借给过别人，于是芝田和直井就怀疑可能是她去派对工作的时候出了问题。比如，丸本走进休息室，偷偷打开香子的皮包，窃取了钥匙的模型。

——如果不是丸本……

还有另一种可能。

"最近，有没有发生过这种情况——在派对期间，有某个公关跑回休息室？"芝田问。

米泽摇着头说："没有，除非有什么重要的事，否则不可以在派对期间离开。"

"那不是派对期间也没有关系，有没有某一个公关一个人回到休息室？比如，在派对开始之前，说忘了拿什么东西。"

"这个问题很难回答。"米泽说完，皱起了眉头，"你说忘了拿什么东西，公关并不需要带什么东西。"

说到这里，他好像突然想起了什么。

"对了！"

"怎么了？"

"我想起来了，几天前，所有人都去会场后，有一个人曾回来过。

我问她怎么了,她说没事,叫我把头转过去。所以,我就背对着她。我听到她打开皮包的声音,然后她去了厕所,我猜想她应该刚好是在生理期吧。"

不知道是不是因为平时和许多女生打交道,米泽说这种事时脸不红气不喘。

"你说是几天前,准确地说,是哪一天?"直井问。

"稍等一下。"米泽拿出记事本,纤细的手指翻了起来,"三天前。"

"请问,这个人是谁?"芝田激动地追问。

米泽以有点不知所措的表情回答:

"是江崎小姐,公关领班的江崎洋子小姐。"

※※※※※※

和米泽道别后,芝田和直井回到新宿,走进一家拉面店填饱肚子。

"江崎洋子果然出现了。"

直井一边用手帕擦额头上的汗水,一边吃着拉面说。

"没错,不出所料。"芝田在点头的时候也没有停下。

芝田和直井认为,即使丸本没有去公关的休息室,只要有愿意协助他的公关,就可以得到香子家钥匙的模型。愿意协助丸本的公关是谁?当然只有江崎洋子。虽然她说和丸本之间只是玩玩而已,但别人并不知道实际情况究竟如何。

"洋子乘米泽不备,从香子的皮包里偷了钥匙,然后去厕所用黏土或其他东西取好模型,再伺机把钥匙放回香子的皮包。如果是三天前的话,最晚前天就可以打好备用钥匙,于是在昨天偷溜进香子家。"

直井挥着筷子说完后,双手捧起面碗,把汤都喝光了。

"如果洋子一开始就协助丸本，情况就和我们原本想的不太一样了。"

芝田认为必须调查在由加利遇害和香子家被人翻箱倒柜时，洋子是否有不在场证明。

"事到如今，说牧村绘里是丸本情妇这件事越来越不可信了。如果真有这回事，洋子应该不可能协助丸本。"

芝田听了直井的话，握紧免洗筷。丸本很可疑，但目前完全没有任何证据。

＊＊＊＊＊＊

出了拉面店后，他们去了新宿分局。刚才已经向搜查总部报告过从米泽那里问到的情况，搜查总部应该会去清查所有江崎洋子可能去过的钥匙店。

走在去新宿分局的路上，直井停下了脚步。他看到一家小型唱片行。

"不知道有没有披头士的歌。"直井嘀咕。

"进去看看。"芝田率先走了进去。

店里有许多年轻的客人，但几乎都聚集在 CD 区，没有人看黑胶唱片，这是最近的趋势。

"芝田，你平时都听什么音乐？"

直井打量着店里问他。

"嗯，我喜欢 Princess Princess。听了之后，整个人都很有精神，疲劳一下子都不见了。"

"是吗？我从来没听过。既然有这种效果，那我下次听听看。"

店里有一个系着围裙的年轻店员，芝田问他有没有披头士的唱片。店员很有自信地说："当然有。"

"我们想找有 *Paperback Writer* 这首歌的唱片。"直井说。

"是 CD，还是黑胶唱片？"

"黑胶唱片比较好。"芝田说，因为伊濑耕一应该是从黑胶唱片转录到录音带上的。

店员拿出一张名为 *Hey Jude* 的唱片，唱片的封套上是披头士四个人表情严肃的脸。

"你放一下 *Paperback Writer* 这首歌。"直井要求道。

店员亲切地答应后，把唱片放在了唱机上。店里响起了音乐声。一开始节奏很慢，但很快变成了轻快的节奏。

"咦？"

直井看着唱片的封套叫了一声。

"怎么了？"

"你看这个，那盒录音带上的歌曲，全都是这张唱片 A 面的歌曲。"

"是啊，所以伊濑应该是用这张唱片转录的。"

"我原本也这么想，但歌曲的顺序不对。这张唱片的 *Paperback Writer* 是第三首歌，但那盒录音带是第六首歌。"

"可能重新编排过顺序吧，但是……"

芝田和直井对望："为什么？"

"问题就在这里，他为什么要这么做？如果只是要留信息给牧村绘里，根本不需要这么做。"

芝田将视线移回正在旋转的唱片上，歌曲即将结束。店员看到两个男人在争论,似乎有点不知所措。

"总之,"芝田开口,"必定有什么非 Paperback Writer 不可的理由。"

"没错,为什么非这首不可呢?喂,这首歌的歌名翻译成日文是什么意思?"

"Paperback 是平装本的意思,平装本作家——就是三流作家的意思。"

"是啊。"直井低吟了一声,"感觉好像完全没有关系。"

"但总觉得这有什么玄机,回去之后再重新查一下。"

"好,那就赶快回去——喂,不好意思,我们改天再来。"

两个人留下原本期待可以卖出唱片的店员,快步走出唱片行。

*＊＊＊＊＊

搜查总部,松谷正在听取其他刑警的报告,报告的内容是丸本创立目前这家公司时的资金来源。目前的记录显示他的资金来源并无可疑之处,他用卖掉名古屋老家的钱,先开了一家小型事务所作为重新出发的起点。

"但很难想象他能够在短时间内发展成为目前这家公司,想必花钱贿赂了成为公司客户的饭店的相关人员。而且,从一流公关派遣公司挖走了不少人。除了公关以外,还找了教育培训的人员,挖这些人到自己的公司一样要花不少钱。"

"所以,不知道他从哪里张罗到这些钱吗?"

松谷听了其他警员的话,摸着下巴说。贿赂的确很难证明,即使质问丸本,他也一定会装糊涂。

"有没有确认丸本和佐竹的关系?"在报告告一段落后,直井插嘴问道。

观察班比公关公司的成长过程，可以明显地发现，成为"华屋"感恩派对指名合作的对象，对公司的发展大有帮助，当初是'华屋'的佐竹部长命令起用班比公关公司的。

松谷皱起眉头："可惜没有掌握到任何线索，我总觉得遗漏了某些重要的事。"

这时，另一位刑警回来了。他负责调查小田香子家被人翻箱倒柜时，江崎洋子是否有不在场证明。从结论上来说，她并没有不在场证明。她说下午三点多去了美容院，之前都独自在家。

"我也问了江崎在真野遭到杀害当天是否有不在场证明。她一样是三点左右去的美容院，傍晚之后在银座皇后饭店工作。"

"嗯，那天算是有不在场证明，但还是去美容院调查一下。"

松谷向其他刑警做出指示时，芝田和直井拿出那盒录音带，再度看着目录，但还是没有任何头绪。

"光这样看，觉得根本没有必要改变歌曲的顺序。"

直井偏着头说。

"是啊，原本最后一首是 *Revolution*，但按照原本的顺序好像没有问题啊。"

"你们在干吗？"

股长坂口走过来问他们。他既矮又胖，而且有一双浑圆的眼睛，所以大家为他取了"豆狸"这个绰号。坂口看着芝田手上的录音带盒问："这就是披头士的录音带吗？有线索了吗？"坂口是只听演歌的中年人，之前都没有插手这件事的调查。

"我们正试图解开 *Paperback Writer*——三流小说家之谜。"

直井指着录音带的目录,半开玩笑地说。

"原来这是'三流小说家'的意思。"

坂口语带佩服地说,他的英语很差。

"Writer 是'作家'吧,Paper back 是'三流小说'的英文词组吗?"

"不是,Paperback 是一个单词。"

芝田苦笑着纠正。但坂口一脸难以接受的表情看着录音带盒说:

"但是,Paper 和 back 之间不是空了一格吗?难道是抄错了?"

"啊?"

芝田接过录音带盒,重新看着目录,发现上面的确不是 *Paperback Writer*,而是 *Paper back Writer*。

"抄错了吗?"直井探头张望,"还是有什么特别的意义?"

"不会有什么意义吧。"坂口说,"而且这样写的话,意思就不通了。Paper 不是'纸'吗?Back 不是'后面'的意思吗?就变成'在纸后写作的作家',完全搞不懂是什么意思。"

"不,在这种情况下,back 应该解释为'背面',所以是'在纸背面写作的作家'……"

芝田恍然大悟地抬起头,刚好和直井四目相对。直井似乎也想到了什么。

芝田抽出目录,看着背面,但背面没有写任何字。

"不是,是在这里。"

直井在说话的同时,拿起录音带,抓着磁带用力拉开,细细的棕色磁带一下子飞了出来。

"看背面。"

不用直井提醒,芝田就已经在检查背面了。在磁带最后的部分,他终于发现了字。

"我们绕了一大圈……"

芝田茫然地嘀咕道。直井走到他身旁,看着他手中之物。其他刑警见状,也纷纷围了过来——

细细的棕色磁带背面,写满了字。

2

我只想把真相告诉你,希望你能了解我为什么深陷痛苦。

我想要钱。只要有钱,我就可以证明我的实力,但如今这样,我可能一辈子都无法出头了。

没想到那些家伙利用了我的这种想法。

我试图用卑劣的方式获得一大笔钱。我利用高见雄太郎的弱点,狠狠地敲诈了他。虽然是因为被他们的花言巧语唆使,但这种行为等于放弃了身为一个人最重要的东西。

没错,我那时候脑筋真的不太正常,所以听到高见说要报警时,我失心疯地袭击了他。

再写一下陷害我的人。其中一个人姓"东"。你上次来我家时,看到我放在桌上的人像画,不是说那个人的眼神很可怕吗?那张人像画就是东。我不知道他的真实身份,但有一次刚好看到他走进名古屋一家名叫'华屋'的珠宝店，而且他看起来不像是客人。店员看到他都毕恭毕敬，也许他是'华屋'的高层。还有另一个姓圆谷的人，我也不了解他的底细，他总是跟在东的身旁。这个人的脸很长，五官很平，三十七八岁的样子。

如果你决定把这些事告诉警察，我没意见，但这并不是我的初衷。我前面提到过，一旦我们的犯罪公之于世，会伤害到其他人。

绘里，真的很对不起，我太愚蠢了。希望你赶快忘记我，找到自己的幸福。

磁带的背面写着以上内容。

这些内容太令人震惊了。芝田将内容抄写在黑板上，其他刑警都说不出话来。

"没想到发现了这么震撼的内容，"松谷惊讶地摇头，"看上面写的内容，伊濑似乎和这个姓东的，还有姓圆谷的人联手勒索高见雄太郎，可能已勒索了很多次。但得知高见决定报警之后，伊濑在冲动之下杀了他。"

"牧村绘里发现了这个内容，然后决定向东和圆谷报仇。因为没有这两个人，伊濑就不会死。"

其他人听了芝田的意见，纷纷点头。

"我能够理解你的意见，但绘里到底打算怎么做？从伊濑写的内容来看，只知道那两个人姓东和圆谷。"松谷噘着两片厚唇说道。

"绘里看过东的人像画，而且知道他是'华屋'的高层。确认了那个人的真实身份，然后她就来到了东京，因为她知道东就在东京。"

芝田在说话时，发现自己的身体热了起来。松谷抱着双臂陷入了沉思，他在思考芝田的意见。

"这个圆谷会不会就是丸本？"这时，直井指着黑板说，"无论脸部特征还是年纪都完全相符。如此一来，就解释了丸本在创立班比公关公司时资金来源的问题。圆谷名字中的圆，和丸本的丸，很像是他会使用的假名字。"

"哦哦。"大家纷纷惊叹。这意见很犀利，松谷看了黑板片刻，随即谨慎地表示同意说："有可能。这代表牧村绘里也知道圆谷的身份吗？所以才会去班比公关公司。"

"不，这一点倒未必。"刚才始终默默听其他人发表意见的一名刑警开口说道，"她可能是为了有机会参加'华屋'的派对，才进入班比公关公司的。"

芝田认为他的意见很有道理，因为光靠这盒录音带上的文字，不可能了解圆谷的真实身份。

"所以说，牧村绘里为了复仇来到了东京。她当公关只是为了赚取生活费，但后来知道'华屋'会举行感恩派对，而且都会找班比公关公司，就决定换到班比——"

"是啊，绘里虽然来到了东京，但已经过了两年多，仍然苦于无法接近东。最后通过派对，她终于接近了'华屋'。"直井似乎很兴奋，说话时喷着口水，"但是，她进了班比公关公司之后才发现，公司的老板竟然就是圆谷。虽然听起来很巧，但其实'华屋'和班比公关公司的关系就是东和圆谷之间的关系，所以并不是巧合。"

"原来东的真实身份是佐竹。"坂口用力地拍着大腿说。

松谷发出一声低吟,点点头。

"希望可以有证据证明。好,那就再次彻底清查佐竹的过去,尤其是高见雄太郎命案当时的情况。"松谷用热切的语气说着,扫视着所有人的脸。

"我可以发表一下意见吗?"直井举起手,"真野由加利也是因为发现了这盒录音带,才会遭到杀害的吧?"

"应该是吧。"坂口插嘴道,"她在遇害之前,曾经向男性朋友打听'华屋'的董事长是谁,八成是看了这些自白。凶手之所以在真野由加利和小田香子的租屋处翻箱倒柜,也是在找这盒录音带。"

"但是,凶手为什么知道有这盒录音带?不,应该不知道录音带里藏着自白,否则这盒录音带就会落入凶手的手中。但是,凶手知道有东西记录了伊濑的自白,他为什么会知道呢?"

直井看着所有人,征求大家的意见,但没有人发言。芝田认为他指出了核心的问题——凶手一定有什么理由才会那么做。

"会不会是真野由加利自己告诉凶手的?"松谷终于开口说道,"她说自己掌握了这个证据,要求凶手坦白。"

"但是,光凭这盒录音带无法知道谁是凶手。"坂口说。

"是啊。"松谷露出为难的表情,"好,这就作为功课。目前就先调查佐竹。"

"还有高见雄太郎的秘密。"芝田说。

松谷用力地点点头。

"没错,高见雄太郎到底有什么会被人勒索的把柄?要找出高见家的秘密。"

3

高见俊介的房子位于大厦公寓的最东端,南侧有露台,东侧有一个很大的阳台。站在那里看风景,可以在几乎正前方看到高轮王子饭店,整栋建筑在阳光下闪耀着光芒。

"这里唯一的优点,就是景观很好。"

高见在准备咖啡时说,摩卡的香气飘了过来。

"哎哟,让我来吧。"

"没关系,你等一下还要大显身手。"

高见笑着回答,香子没有再多说什么。

这是她的房间被翻箱倒柜三天后的星期天,终于要来做苦练多日的料理了。香子很紧张。

"关于你刚才说的事,还有其他东西被偷吗?"

高见端着咖啡来到沙发这边。

"不,贵重的物品都还在。"

高见刚才去品川车站接她,她在车上告诉他三天前发生的事。高见大吃一惊。

"真让人担心啊。"高见皱着眉头,"会不会是因为和我来往,才给你添了麻烦?"

"不可能有这种事,"香子急忙否认,"更何况没有人知道我们见面。我猜想是因为我和绘里、由加利的关系很好,才会有人去我家乱翻一通。"

"那就好。"

高见仍然一脸复杂的表情,喝着咖啡。

香子喝着咖啡,打量着高见的房子。这里的开放式厨房兼客厅很宽敞,比香子住的地方还大。除此以外,还有两个房间,以后如果两个人住绰绰有余。

"你刚才提到录音带的事真是耐人寻味,伊濑耕一留给牧村绘里,然后又经由绘里交到真野由加利手上——关于这盒披头士的录音带隐藏什么秘密的推理,太有意思了。"

"虽然目前还只是推理。"

"不,我认为应该八九不离十。那盒录音带目前在哪里?"

"警察拿走了。"

高见听到香子的话,愣了一下,然后他再度恢复笑容,喝着剩下的咖啡。

"这样啊,太可惜了,我很想看看那盒录音带。"

"但是我刚才提过,重要的部分好像被洗掉了。"

"也许吧,但是——"高见以认真的眼神看着香子,"可能用了录音以外的方式,隐藏了什么重要的线索。"

"录音以外的什么方式?"

"这就不知道了。"

高见起身,走向旁边的音响,放了唱片。电子合成器的声音静静响起。"这是巴哈的作品。"他说,"用电子合成器演奏的巴哈,听起来也很棒。"

两个人一起听了一会儿音乐。

"呃……"香子渐渐忍受不了沉默,于是开口,"如果警察把录音带还给我,我会马上拿给你。"

高见想了一下,微笑着说:"好,那就麻烦你了。"

香子看了他的反应,才发现自己的提议毫无意义。既然警方把录音带还回来,就代表录音带上完全没有任何问题。即使把这种东西拿给高见,也无法发挥任何作用。

——我真是傻瓜……

香子听着巴哈的音乐,感到无地自容。

都是他的错。香子想到芝田。芝田这两三天都没有出现在香子面前,但他每天晚上都回到高圆寺的公寓,只是都深夜才回家。最好的证明,就是每天的报纸都被拿进了屋。既然他回过家,就应该看到香子塞在他信箱里的信。香子在信中写着"明天上班之前,请来找我喝杯茶。香子",但他始终没有来按香子的门铃。

香子察觉到其中的原因。因为一旦见面,她就会向他打听侦查的情况。香子的确想打听,也想知道录音带之后的情况。

——他一定担心我把情况告诉高见先生,但高见先生并不是凶手。

香子看着高见俊介端正的脸想道。

******

香子说差不多该做准备了,于是收拾好咖啡杯,顺便走进厨房。当她系上自己带来的围裙时,觉得心情很像即将参加比赛的运动选手。

"你打算做什么料理？"坐在沙发上的高见问。

"只是家常菜而已。"香子回答。她不是谦虚，而是真的这么打算。

她最后放弃了练习过好几次的'香子流日式冻肉卷'，今天要做翡翠冷猪肉、地中海沙拉和蔬菜丝清汤，都是适合初学者的料理。

"啊，惨了！"

香子把食材都放在流理台上，但在看制作方法的小抄时，发现自己忘了买罐装蘑菇。

"怎么了？"正在看报纸的高见抬起头问道。

"有样东西忘了买，我去买一下。"

香子解开围裙。

"现在吗？如果不是重要的食材，没有也应该没关系吧？"

"不，这……"

香子不知该如何回答。其实她不知道如果不用罐装蘑菇会怎么样，八成没有太大的差异，但对初学者来说，不完全按照食谱制作，就会感到不安。

"我还是去买一下吧，我不想偷工减料。"

"是吗？那你路上小心，门不用锁没关系。"

"那我出去一下。啊，你坐着就好——"

香子制止正准备站起来的高见，沿着走廊走去玄关，然后穿上了鞋。打开门之后，发现忘了拿皮夹。她关上门，再度走回走廊。

这时，客厅里的电话铃声响起。

"你怎么会——"高见的声音听起来很紧张。香子情不自禁地停下了脚步，竖起耳朵。

"交易？"他问，他可能以为香子已经出门了，所以说话的声音并不小，"什么交易？"短暂的沉默后，高见说，"我完全不知道你在说什么。"

然后又是一阵沉默，这次沉默的时间比刚才更久。香子发现自己的掌心开始冒汗。

最后，他说："好。"他的声音很低沉，"要在哪里见面……可以，好，那就明天晚上八点。"

他在挂上电话的同时，香子蹑手蹑脚地走回玄关，然后故意用力大声地开关门，沿着走廊走进去。

"我真是太迷糊了，要去买东西竟然连皮夹都没带。"

4

香子在高见家里做菜时，芝田和直井回到新宿分局。他们刚才去佐竹住家附近查访，如果佐竹就是伊濑自白中提到的那个姓东的人，应该会和丸本一样，在三年前突然有一大笔钱。他们去向佐竹周围的人打听佐竹是否有这种变化，但是根据今天的调查，并没有这种情况。

"名古屋那边有没有什么消息？"

芝田向松谷报告完毕后问道。松谷派了刑警去名古屋，到伊濑曾经去的店打听，是否有姓圆谷或是东的男人。

"不，目前还没有收到任何重要的消息。"松谷回答，"但是派去调查高见家的人听到了奇怪的传闻，是关于高见雄太郎女儿的事。"

"女儿？对啊。"

芝田想起之前去爱知县警总部时，曾经听说过他女儿的事。因为雄太郎遇害，导致她的婚事告吹。

"她叫高见礼子，是雄太郎的独生女，但现在搞不清楚她是否还在。"

"失踪了吗？"

"不，并不是失踪。据说，应该是在高见雄太郎位于名古屋的老家，和现任董事长康司一家住在一起。"

"应该是？"

"怎么听起来好像另有隐情？"直井也问。

"据说事件发生之后，她一直足不出户。虽然亲生父亲遭到杀害，这种情况似乎也情有可原，但这一两年完全没有人和礼子见过面。这件事让人觉得有点奇怪。"

"该不会死了？"直井开了不好笑的玩笑。

松谷狠狠地瞪了他一眼说："不可能，虽然她没跟人见面，但曾经有人不经意瞥见她的身影，而且说她看起来精神不错。"

"她原本的结婚对象是什么人？"芝田问。

"这个呀，"松谷压低声音说，"听说是大藏省官员的儿子，应该是双方各取所需的政商联姻。"

"这门婚事没有重提吗？"

"目前并没有这种动向，更何况高见雄太郎已经死了，这门婚事可能失去意义了。"

松谷的脸上充满了自信，似乎觉得这条线可以查出什么名堂。

"人像画方面呢？"

松谷听到芝田的问题，原本很有信心的脸上露出无奈的表情。

"伊濑画的所有人像画似乎都被你们带回来了。虽然请爱知县警协助上门了解情况，但似乎并没有发现其他的人像画。"

录音带上的自白写着，伊濑曾经画过东的人像画。芝田他们调查了从绘里房间带回来的那些人像画，但既没有佐竹，也没有和"华屋"有关的人的画像。

"可能被东销毁了。"直井说。

完全有这种可能。

"如果是这样，就代表牧村绘里凭着在伊濑住处瞥了一眼人像画的记忆，来到东京复仇，而且为此等待了两年半的时间。女人一旦认真起来，真的很可怕。"松谷深有感慨地说。

"但佐竹的脸很好记，他的人像画也很好画。伊濑的自白中提到，他的眼神的确很锐利。"

芝田想起香子曾经形容他像骷髅。

"佐竹的事有点伤脑筋。"松谷深锁的眉头，简直就像用雕刻刀刻出的皱纹，"目前正在请其他刑警调查。在牧村绘里遇害时，他似乎有不在场证明。他和西原家的人在同一家饭店顶楼的酒吧招待老主顾，晚上九点到十点都在那里，是完美的不在场证明。"

"那就是丸本动手杀人。"直井立刻回答，然后看着芝田的脸继续说，"密室的诡计也只有丸本能够完成，不是吗？绝对就是他。"

"不，我认为这样的判断有问题，"芝田否定了他的意见，"牧村绘里并不知道丸本就是圆谷，所以在派对上想向东报仇。"

"这我也知道。"

"所以,她在饭店的房间里等待的对象是东。"

"虽然是这样,但丸本可能代替东去了那个房间。"

"不,这不可能。"松谷把已经很淡的茶倒进便宜的茶杯中,"虽然最后造成了相反的结果,但绘里用上毒药,这就意味着她要等的人出现了。"

"是啊……"听松谷这么一说,直井不得不同意,但他仍然偏着头说,"但我们难以了解绘里采取了怎样的行动,也不知道是经过怎样的来龙去脉,最后变成她命丧黄泉。在了解这些情况前讨论不在场证明,完全没有真实感。"

"的确有道理。"松谷拿着茶杯,视线看向远方,然后用力点头,"好,那就来实际演练一下,我们来重现那天晚上的情景。"

"实际演练一下?要怎么演练?"

"假设你是绘里,这里是饭店的房间。她成功地约到了东,东马上就会来房间。你在房间里等对方时会做什么?假设这是啤酒瓶,这是杯子。"

松谷把桌上的茶壶和茶杯递给直井说。直井摁熄香烟,重新坐在椅子上。

"嗯,假设我是绘里……应该会事先把毒药加在啤酒瓶里,因为这样才万无一失。把毒药加进去之后,再把瓶盖盖回去。"

"但如果是这样,自己的杯子也会是加了毒药的啤酒。为了消除对方的戒心,自己一定会稍微喝几口啤酒。"

松谷立刻指出这一点。

直井抓着头说:"啊啊,对啊。那这样呢?先在自己的杯子里倒一杯啤酒。"直井拿起茶壶,在其中一个茶杯里倒了茶,"然后把毒药加进酒瓶,在这种状态下等对方。"

"好,这样应该没问题。芝田,该你了。"

"好。"

"你来演东的角色,从他进房间之后开始。"

"哦。"

虽然芝田这么回答,但不知道该做什么。

松谷对直井说:"绘里看到对方会做什么?"

直井想了一下后说:"应该会请他喝啤酒?"

"好,那就请他喝啤酒。"

直井拿起茶壶说:"要不要先喝一杯?"然后在芝田的茶杯里倒了茶。

"好,关键就在这里。东做了什么?如果他喝下去,应该就死了。"

"东可能猜到啤酒里会被下毒。"

"嗯,所以他应该怎么做呢?"

"应该会乘绘里不备,偷偷交换了杯子。"

芝田迅速交换了直井面前的杯子和自己的杯子。

松谷点头说:"嗯,或许会有这种机会。可能故意把什么东西掉在地上,让绘里去捡。然后呢?"

"然后,他们就一起喝啤酒。"

直井把茶杯举到嘴边,芝田也拿起来。直井放下茶杯,抓着喉咙说:"呜呜,好难过……就这样。"

"演技很烂，算了，就这样吧。"松谷苦笑着，然后问芝田，"东之后做了什么？"

"应该把丸本找来吧，然后思考如何善后。"

"等一下，犯案的时间大约在几点？"

"我看一下。"芝田看着自己记录的资料，牧村绘里在晚上九点二十分左右去向前台借钥匙，"应该九点半左右吧？"

"丸本去前台，要求打开二〇三号房是几点？"

"九点四十分左右。所以……丸本应该就在现场附近。"

如果不是这样，时间上就会来不及。

"绘里约东之后，东应该联系了丸本，于是丸本就在附近待命。"

直井表达了意见。

"好，这一点就认为是这样，所以再回到啤酒瓶的问题上。"松谷轻轻拍了拍作为道具使用的茶壶，"如果没有动手脚，毒药就会留在啤酒瓶里，凶手应该怎么处理啤酒瓶？鉴识的结果已经证实，啤酒瓶并没有洗过的痕迹。"

"会不会从冰箱里又拿出一瓶新的啤酒，稍微倒掉一点，再和加了毒药的啤酒瓶交换？"直井说。

"不，冰箱里原本有两瓶啤酒，另一瓶啤酒没有动。"松谷立刻否定了他提出的可能性，"但有可能从其他地方拿来一瓶啤酒调包。那家饭店有没有卖瓶装啤酒的自动贩卖机？"

"没有。"芝田回答。

"这样啊。"松谷显得有点遗憾，他似乎原本认为自己的想法很不错，"如果是这样，就没办法立刻买到啤酒了。"

"会不会是从其他房间的冰箱里拿过来的呢？"直井问。

松谷双眼一亮问："哪个房间？"

"二〇四号房。"芝田回答，"班比公关公司那天有两个房间作为休息室，分别是二〇三号房和二〇四号房。"

"但要怎么进去那个房间？如果没有钥匙，不是没办法进去吗？"

"如果有人在那个房间里呢？"

"丸本在那里吗？"松谷握着右拳，用力打在左手掌上，"他接到了东的电话，躲在二〇四号房。等一下，丸本要怎么进入二〇四号房？"

"应该在二〇四号房锁门之前就进去了，一定是最后离开那个房间的公关小姐帮了他。"芝田这么说。

那个公关当然就是江崎洋子。

松谷点头同意，走向黑板说："好，我们来整理一下。"

- 牧村绘里约东去房间（派对时？）。

- 东联系丸本。

- 牧村绘里和小田香子一起离开二〇三号房（晚上八点三十分）。

- 丸本来到皇后饭店，在江崎洋子的协助下进入二〇四号房。

- 牧村绘里去前台借钥匙进入二〇三号房（九点二十分左右），等待东。

- 东进入房间，换酒杯，绘里身亡。

- 东去了二〇四号房，要求丸本协助。

- 从二〇四号房的冰箱里拿走啤酒，稍微倒掉一点之后，放在二〇三号房的桌子上。加了毒药的啤酒瓶冲洗之后，放回二〇四号房。

● 东离开。丸本在门链上动手脚之后去前台,要求打开二〇三号房(九点四十分左右)。

"好,这下子就清楚了。"

松谷满意地摸了摸下巴。

"最后,由丸本演了那出戏。他谎称绘里是他的情妇,杜撰成她因为三角关系而想不开的自杀动机。江崎洋子也陪他演了这出戏。"

直井从西装口袋里拿出被压扁的LARK(云雀)烟,里面的香烟都被压弯了。

"如果是这样,东在九点二十分之后的十分钟内必须在现场。如果佐竹在接待客户时,曾经在这段时间暂时离席,就可以合理地解释这起事件了。"芝田在写笔记的同时说道。

"好,那就来查证一下这件事。还要去银座皇后饭店,确认那天二〇四号房的啤酒是否少了一瓶。"松谷大声地指示。

5

香子总算成功地做完了料理,在高见的协助下收拾完毕后,看着暮色笼罩的天空,他们喝着饭后的红茶。

他们有一搭没一搭地聊着天。香子知道其中的原因,因为高见一直在思考刚才那通电话的事。最好的证明就是即使香子跟他说话,他也总是心不在焉。香子察觉到了他的态度,所以比平时安静一些。

——那通电话到底是谁打来的?

陷入沉默时，她立刻思考这个问题。只是工作上的交易吗？

但是，高见的语气听起来不像是在谈工作。交易？到底是什么交易？

"我差不多该回家了。"

香子觉得继续耗在这里也没有意义，于是就站起身来。高见可能还在想事情，慢了一拍才看着她说："这样啊，那我帮你叫车。"他说完后，就走到隔壁房间，但又很快折返回来，"不好意思，我好像把通信录忘在车上了。我下去拿，你等我一下。"

"嗯，好的。"

高见离开后，香子又坐回沙发。她看到了放在茶几角落的电话，深蓝色的电话附有录音功能。

——也许录到了刚才那通电话。

香子犹豫了一下，把录音带稍微倒带后，鼓起勇气按下了播放键。

完全没有声音。

等了一会儿，香子伸手准备按停止键——果然没有录到刚才那通电话。

就在这时——

"俊介。"突然响起一个声音，是女人的声音。香子的手指放在停止键上动弹不得。

"俊介……来看我……俊介……你来看我……俊介……"

香子全身起了鸡皮疙瘩，不顾一切地按下了停止键。录音带的声音停下了，她觉得自己的心跳声响彻整个房间。

——这个声音……

这时,她听到门打开的声音。随着脚步声,接着是高见的声音。

"久等了,我马上帮你叫车。"他走到香子身旁,把她前一刻碰触的电话拿过去,在准备打电话之前看着她问,"你怎么了?"

"啊?"

"你的气色看起来很差。"

"哦……"香子摸了摸脸颊,"可能有点累了。"

"今天辛苦你了。"

高见温柔地说完,按下了电话号码。

* * * * * *

香子看着出租车车窗外的霓虹灯,内心很不舒服。刚才听到的录音带里的声音一直在她脑海中盘旋。

那应该是录音机的留言,所以没有高见说话的声音。

——那个声音听起来太悲伤了。

"俊介……来看我……"

香子之前曾经听过这个声音。

那是第一次和高见吃完饭准备回家时,汽车里的电话铃声突然响起。香子接起电话,就听到了那个声音。

那一次是啜泣声……

第九章
以眨眼干杯

1

星期一的白天,芝田和直井再度来到班比公关公司。不知道这是第几次搭这部电梯了,他们已经熟门熟路了。

一走进办公室,他们没有向任何人说明来意,就直接沿着通道往里面走。丸本正在看资料,发现他们两个人站在办公桌前,便缓缓抬起头,然后瞪大了眼睛。

"吓我一跳,有什么事吗?"

"不,只是有几个问题想请教一下。"芝田说。

丸本一脸为难,再度低头看着手上的资料。

"我正在忙。"

"不会耽误你太多时间,十分钟就好。"

丸本不耐烦地皱起眉头说:"那就十分钟。"说完,他站起来。

走进会客室,丸本看了一眼手表。他似乎在确认时间,芝田也就不说废话,直接进入正题。

"首先想请教一下,绘里去世那天晚上的事。你说和她约好在皇后饭店见面。"

"我说过。"丸本泰然自若地点头。

"你们约好几点见面?"

"并没有明确具体的时间。那天的工作结束,大家离开休息室差不多九点,所以我说差不多这个时间会去找她。"

芝田发现他回答得很谨慎。

"你到饭店的时候是几点?"

"呃,"丸本摸着额头,"九点半……差不多是那个时候。"

"你九点半之前在哪里?"

根据芝田等人的推理,他应该躲在二〇四号房里。

"等一下。"丸本拿出记事本,在翻开时瞥了一眼手表,他似乎打算十分钟一到就马上逃走,"我八点离开这里,在银座逛了逛,然后就去了饭店。"

"所以,你在银座逛了很久。"直井语带讽刺地说。

丸本没有回答,露出了讨人厌的笑容,似乎在说,这是他的自由。

"可以再请教一个问题吗?"芝田问。

"可以啊。"丸本又看了一眼手表。

"虽然这个问题有点失礼,但还是想请教一下。有没有什么可以证明你和牧村绘里曾经交往过?"

"真的是……"丸本靠在沙发上,重重地叹了一口气说,"很失礼的问题。"

芝田静静地注视着丸本的表情。他相信绘里不可能当这种男人的情妇。

"很遗憾,什么都没有。"

丸本用油腔滑调的口吻回答,一脸遗憾的样子让人看了很生气。

"你再仔细想一想。"直井说,"要证明男女之间没有关系可能很难,但照理说,要证明有关系却很简单。"

直井的话中充满讽刺，但丸本皮笑肉不笑地摇了摇头。

"那是一般情况，我和绘里一直都很小心谨慎的。"

"但是——"

"哎哟。"丸本起身，"不好意思，十分钟到了。虽然我很想再多陪你们一下，但实在太忙了。两位刑警先生，你们可以慢慢坐。"

芝田很想掐住丸本的细脖子。

走出会客室后，他们穿越办公室，走向出口。办公室的电话仍然响个不停，还有人同时拿着两个话筒。

"啊，又要请假吗？喂，小田，这样很让人伤脑筋啊。"

芝田听到小田的名字，停下了脚步。正在讲电话的是一名男性员工。

"既然你发烧了，那也没办法……嗯，但是……其他女生……付钱……这……"

香子似乎自顾自地说个不停，那名男性员工只好闭嘴。过了一会儿，他终于开口道："好吧，但是下不为例……好好，你不用再说了。"

那名员工挂上电话后，对身旁的女同事说："小田香子要请假，她说她发高烧了，三十九度。"

——感冒了吗？

芝田想象着香子躺在床上的样子，和直井一起走出了班比公关公司。

2

香子穿着牛仔裤、Polo 衫,又在外面多穿了一件夹克。最近都穿迷你裙,很久没有穿这身衣服了。她把头发在脑后绑成辫子,戴上平光眼镜,站在镜子前,发现自己好像变了一个人。

——差不多该出门了。

香子看了看手表后,走向玄关。她选了一双舒服的鞋子,因为不知道今天会去哪里。

今天晚上八点,高见要和别人见面。香子昨天晚上一直在思考这件事。到底该不该理会这件事,还是去找芝田商量?但是,她觉得要是去和芝田商量,自己简直就会像个傻瓜。因为他什么都不说,自己却提供消息给他,未免太不公平了。更何况,芝田一定会把高见当成坏人。

于是,她想到自己去跟踪高见。然后视跟踪的结果,再决定要怎么做。

"好,那就出发!"

香子激励自己后,用力打开了门。

"咦?"

"哎哟。"

没想到芝田竟然站在门口,他目瞪口呆地问:"你……是谁?"他似乎并没有发现香子变装。

"香子不在。"

香子说完,打算关门,但门被芝田抓住了。

"原来是你,我听声音就知道了。"

既然被发现了,那就没办法。香子松开手,请他进屋。

"你为什么这么早就回家了?"

"我不是回家,而是来探病。"

芝田举起右手,他的手上拿着水果篮。

"探病……探谁的病?"

"你啊,"他说,"你不是在发高烧吗?不用躺在床上休息吗?"

"发烧?谁发烧啊。"香子回答之后,才想到自己打电话到班比公关公司的事,"你该不会……刚才去我们公司了?"

"没错,我听到你打去的电话……"芝田在说话时,表情渐渐放松,"装病吗?"

"这和你没有关系,把水果带回去吧,榨汁一定很好喝。"

香子在说话时,推着芝田的胸口。他把水果篮放在脚下,反过来推着她问:"等一下,你打算去哪里?"

香子瞪大了眼睛,摇头说:"我没有要去哪里。"

"不,你准备出门,而且你这身打扮是怎么回事?简直太土了。"

"不好意思啊,但不用你管。我不是说了,和你没有关系吗?"

"既然和我没有关系,那说来听听也无妨啊。既然你不敢说,就代表有关系,不是吗?"

芝田双手叉腰低头看着她。香子低头看着手表。如果不赶快出门,就无法在高见离开公司时跟踪他了。

"我要去跟踪高见先生。"

香子终于实话实说了。

"跟踪他？为什么？"芝田惊讶地问。

他的反应很正常，当香子向他说明情况后，他脸色大变。

"是吗？看来事情不简单。"他咬着嘴唇，似乎在思考，中途抬起头问，"为什么要瞒我？"

"因为，"香子不甘示弱地咬着嘴唇说，"你还不是什么都不说。"

芝田不发一语，注视着香子的眼睛，香子没有移开视线。

"好吧。"他说，"那我们赶快走，不是快来不及了吗？"

"啊？"

"我们一起跟踪。"

* * * * * *

香子和芝田坐在高见不动产总公司大楼对面的咖啡店里监视，芝田又续了一杯可可，香子吃了两块蛋糕。

在等待期间，芝田把隐藏在 *Paper back Writer* 录音带中的秘密告诉了香子。香子觉得简直就像推理小说，不禁频频说着"好厉害"。

"目前已经非常接近真相了，问题就在于高见家的秘密很可能和高见礼子有关。"

芝田喝完水之后，找来服务生，要求加水。

"这件事可能和案情没有关系……"

香子说了这句开场白后，提了那通可怕电话的事。她听了芝田的话后，觉得那通电话很可能就是高见礼子打的。

"如果高见礼子是这样的状态，的确不能出来见人。而且，她很可能是在高见雄太郎死后才变成这样的。因此，她的状态应该不是能够成为勒索材料的高见家的大秘密。"

芝田在惊讶之余这么说道,香子觉得有道理。

高见俊介在七点半时离开了公司,香子和芝田也一起离开了咖啡店。

高见沿着外堀大道走向新桥的方向。香子和芝田跟在后方,和他保持二十米的距离。两个人一直没有说话。高见走得很快,只要稍微分心就可能跟丢。

高见走过山手线的铁轨桥下,进了马路对面的那家饭店。他们立刻追了上去。走进大厅时,高见正在前台询问,然后转头瞥了一眼,但并没有察觉到香子。即使变装的手法再拙劣,也总比没有变装好。

看到高见离开前台走去搭电梯后,芝田立刻飞奔到前台前,似乎在问前台的工作人员,刚才的客人要去哪个房间。前台的工作人员一脸诧异,芝田不耐烦地拿出了个什么东西,八成是证件。前台的工作人员立刻脸色大变。

"三〇一〇号房,我们快走。"

芝田拉着香子的手走向电梯,他在电梯里问香子:"你猜他们是用什么名字预约的房间?"

香子摇头。

"是西原健三。"他说。

"怎么可能?"

"临时想用假名字时,人们往往会使用自己很熟悉的名字。"

电梯来到三楼。他们快步来到走廊上,瞥见有扇房门"啪嗒"一声关上了。过去一看,果然是三〇一〇号房。芝田点点头后,再度回到电梯前。

"我要拜托你一件事，"他说，"你打电话去新宿分局找直井先生，请他来这里。如果他问原因，你可以把你知道的情况都告诉他。"

"了解。"香子很有精神地回答后，走进电梯。

＊＊＊＊＊＊

大约三十分钟后，高见从三〇一〇号房出来。当他看到站在门外的芝田和直井时，一时似乎无法理解眼前的情况。他开着门，茫然地站在那里。香子躲在暗处看着这一幕。

"你们……每天都在跟踪我吗？"高见问。

"没有，"芝田回答，"这是上天的安排。"

"想请你详细说明，你们在这里讨论什么？"直井探头向房间内张望着说。

不一会儿，一个像影子般的黑色身影缓缓地从高见身后出现了。

"你们可不要装糊涂，说什么在讨论工作的事。"直井露齿一笑说，"你说对不对，佐竹先生？"

3

坐在桌前的松谷正在抖脚，鞋子发出"嗒嗒嗒"的声音。他双肘放在桌上，在脸前交握着双手。这是他在侦查进展不顺利时的习惯动作。其他刑警随着他鞋子发出的声音，表情越来越忧郁。

目前几乎已经掌握真相了，只要能够找出佐证的证据就可以了。

只不过，现在没有任何证据。无论推理再怎么合理，光靠推理无法破案。

而且，凶手有不在场证明。芝田他们在调查之后，发现佐竹在犯案时，的确和客人一起在酒吧里。

绘里遭到杀害的经过几乎全部获得了证实。询问银座皇后饭店的工作人员之后，证实那天晚上二〇四号房内的确少了一瓶啤酒。在和班比公关公司里负责管理公关的米泽联系后，他证实那天晚上是江崎洋子最后离开二〇四号房的，米泽请她代为锁门。

芝田喝着速溶咖啡，看着之前记录的犯案经过和时间。他总觉得哪里不对劲。

● 牧村绘里和小田香子一起离开二〇三号房（晚上八点三十分）。

● 丸本来到皇后饭店，在江崎洋子的协助下进入二〇四号房。

● 牧村绘里去前台借钥匙进入二〇三号房（九点二十分左右），等待东。

"我有个疑问。"芝田开口说道。

原本在他旁边写报告的直井突然慌乱起来，他似乎在打瞌睡。

"嗯，什么疑问？"直井看了一眼松谷的方向后，才看着芝田的记录问，"这有什么问题吗？"

"牧村绘里在八点三十分到九点二十分为止，到底在做什么？照理说，她可以更早就去房间。"

"有道理……"

"还有另一件事。牧村绘里向前台借钥匙时，说自己是班比公关公司的牧村，但仔细一想，就觉得很奇怪。因为她打算杀人，如果顺利杀人，在那个房间里发现了尸体，一定会怀疑到她头上，她会这么说吗？"

直井脸色大变，默默地站起身，跑去松谷那里。松谷也一脸惊讶，对芝田叫道：

"接着说！"

"也就是说，"芝田舔舔嘴唇，"会不会去借钥匙的人并不是牧村绘里？"

"江崎洋子？"

松谷立刻明白了他想表达的意思。芝田点点头。

"我认为牧村绘里那时可能已经死了。"

"但前台不会发现吗？"直井问。

"可能不会发现。"松谷回答，"他们不可能记得公关的长相，而且公关的体型都差不多。洋子应该穿了牧村绘里的上衣，她自称是牧村绘里，别人也会这么以为。"

"如果是江崎洋子去借钥匙，犯案时间可能更早。这样一来，就可以制造九点之后的不在场证明。"

"原来如此。"松谷用放在桌上的右手食指敲着桌子，坂口和其他人都纷纷靠过来，简直就像被松谷的敲桌子声音吸引过来一样，松谷继续说道，"有意思，但有一个问题。果真如此的话，就说明牧村绘里没用钥匙就进了房间。"

"对，问题就在这里。有什么方法可以不向前台借钥匙就进房间吗？"

· 209 ·

"问饭店一下。"

芝田在松谷的命令下,立刻问了银座皇后饭店,但结果和他们想的一样,根本没有方法。虽然饭店有通用钥匙,但不可能交给客人。

"果然不行吗?"松谷皱起眉头,摸着一头向后梳的头发。

"但我认为绘里的确没有用钥匙就进了房间。"

芝田并没有放弃。

"但是,做不到的事就是做不到。"直井说,"那个饭店的门都是自动门锁,没办法在离开房间时故意不锁门。"

——自动门锁?

芝田恍然大悟。

"不,也许正因为是自动门锁,所以才有办法做到。"

松谷瞪大眼睛问:"什么意思?"

"离开房间时,只要让锁头部分缩回去加以固定,就可以轻松自如地开门和关门了。牧村绘里在门锁上动了手脚后,和小田香子一起离开。"

"那小田香子也是共犯吗?"坂口大声问道。

"不,不是这样。牧村绘里乘她不备时做了这些事,我猜想最后锁门的应该是牧村绘里。"

"你认为是怎么固定锁头的部分?"松谷问。

"八成是用了胶带。结果,那些胶带被丸本他们用在密室诡计上了。"

之后,芝田联系到香子。香子说,最后的确是绘里锁的门。而且,

· 210 ·

香子在离开之前上了厕所，绘里应该利用这个机会用胶带固定住锁头的部分。

"太好了，这样一来，凶手的不在场证明就不再完美了。虽然现在知道了，但还是没有证据，要怎么逼凶手招供？"

松谷巡视着室内，好像在征求所有人的意见。

"能不能用伊濑自白的内容呢？"另一名刑警说，"把自白拿给江崎洋子看，让她产生危机感，认为事情迟早会败露。洋子并没有实际参与杀人，她应该知道自首对她有利，所以会和盘托出吧？"

"逼问洋子当然没问题，但光靠那份自白还不够有力。再说，只看自白，还是无法知道东到底是谁。"

"如果找到人像画就好了。"直井叹着气说。

"没错。"松谷深表同意。

那幅人像画到底去了哪里？芝田思考着这个问题。

——既然伊濑用这么巧妙的方法留下了自白，还希望他留下人像画，是不是太一厢情愿了？

芝田想起留在录音带上的自白。伊濑之所以用别出心裁的方式留下自白，或许是因为不希望被歹徒发现。

——所以……

人像画会不会也用相同的方法藏了起来，避免被歹徒发现后销毁？

"我知道了！"

芝田大叫一声，身旁的直井跳了起来。

4

"华屋"的展览室里盛况空前。今天是败家子健三企划的"世界新宝石展"的最后一天。

香子走进展览室,健三发现了她,立刻边整理头发边走向她。他今天仍是一身白色西装,土得让人无话可说。

"太感动了,你竟然主动约我。今天不用工作吗?"

健三大声说道,完全不顾周围的客人都转头看着他。这个人的神经实在太大条了。

"嗯,今天不用工作。应该说,从今天开始不用工作了。"

"从今天开始?"

"不,没事。我可以看一下珠宝吗?"香子说道。

健三厚脸皮地搂住她的腰。

"请便,可以尽情地看。这里有全世界的宝石,充满未知的可能。以后还可以看到以前从来没人看过的巨大宝石。"他说话像演说一样。

"但这不是赝品吗?"香子问。

"才不是赝品,"他不悦地说,"天然的宝石太粗糙了,所以我们制作出更出色的宝石。不久之后,大家都会对天然宝石不屑一顾。"

他绕到其中一个展示柜的后方,拿出一枚亚历山大石的戒指。大颗的亚历山大石周围镶着钻石。

"你看看这个,是不是很美?并不是只有有钱人才能够拥有这么美的东西,所有的女人都可以平等地享受这种美。"

有两个男人走到香子身旁。健三一时没有想起他们是谁,但随即想了起来,一脸惊讶。

"两位刑警先生……为什么会来这里?"

那两个人就是芝田和直井。芝田伸出手,接过健三手上的亚历山大石戒指说:"真的很美,不像是人类制造出来的。"

健三没有说话,他似乎在思考两名刑警出现在这里的目的。

芝田把戒指还给他,然后对他说:"江崎洋子全招了。"

健三的神色越来越凝重,香子从来没有见过他这种表情。

"这是怎么回事?"

香子从来没有听过他这么阴沉的声音。

*　*　*　*　*　*

"请你跟我们去分局一趟,我们就会向你说明所有的情况。"

两名刑警和健三互瞪着。"华屋"的老主顾正在周围看着展示柜,寻找有没有值得一买的珠宝,应该完全无法想象他们的谈话内容。

"我不可能没有搞清楚状况,就随便跟你们走。"健三终于开口了。

芝田垂下眼帘,然后缓缓地说:

"我们找到你们想从由加利家里找出来的东西了,东先生,就是关于这件事。"

健三没有说话。他是个聪明人,一定在冷静思考。没错,健三并不是"阿斗",而是聪明绝顶的人。

芝田把手上的纸袋放在展示柜上。

"你想极力消除和伊濑耕一以及丸本之间的关系,老实说,我们差一点就投降了。虽然从各种情况来判断,你就是东先生,却苦于无法证明。但是,你犯了一个致命的错误,那就是让伊濑耕一画下了你的人像画。不过，我们费了很大的劲儿才找到那幅画。"香子发现健三的指尖在微微颤抖，"那幅画藏在意想不到的地方。"

芝田把纸袋里的东西拿出来。那是伊濑耕一自杀前，放在画架上的那幅风景画。健三低下头，用没有感情的双眼看着那幅画。

"我们用X光检查了这幅画，发现这幅画下面有一幅人像画，而且旁边还写了'东'这个字。那幅人像画，画的是你的脸。"

"我们给江崎洋子看了这幅画和伊濑留下的自白。"直井乘胜追击地说，"她立刻就放弃了。她并没有直接杀人，所以最容易搞定。"

"这样啊。"

"相信你得知她全部都招了，就已经猜到了，我们已经了解了你如何伪造不在场证明。你已经无路可逃了。"芝田把画放回纸袋后说。

健三揉揉脸，双手放在展示柜上，注视着那些人工宝石璀璨的光芒。

5

两天后的早晨——

芝田和香子在东京车站的月台上，但他们今天来这里，只是为别人送行。现在这个时间新干线的月台上挤满了准备前往名古屋和大阪的上班族。芝田和香子一起坐在商务车厢停靠位置附近的椅子上。

"是九点那一班吗？我们好像来得太早了。"

芝田看了看沿着阶梯上来的人们，又看看手表说。

"我早就说了啊,但你一直催我,说什么万一迟到就惨了。"

"万一迟到真的很惨啊,早到总比晚到好。"

芝田说完,打开那袋在车站商店买的爆米花。

"你过度操心,害得我的头发都没弄好。"香子用手掌整理着发型,"算了,这不重要。你刚才还没说完,继续继续。"

"刚才说到哪里了?"

"搜查总部的那些大叔推理出绘里反过来被灌毒的经过。"

"哪是大叔啊。"芝田生气地抓了一把爆米花丢进嘴里说,"那时候,我们还以为那个东先生是佐竹。"

"后来我立了功。"香子得意地说。

芝田嚼着嘴里的爆米花,看着她一本正经的脸。

"立功吗……算了。总之多亏了你,我们闯入高见俊介和佐竹部长的密谈,分别盘问了他们,结果发现很有趣的事。"

"你不要故弄玄虚了,这很惹人讨厌啊。"

"别这么说嘛。对于侦探而言,这可是最得意的时刻呢——其实,佐竹在调查健三的过去。"

"调查他的过去?为什么?"

"这件事,要从健三被逐出家门开始说起。"

"请说,反正我们还有大把的时间。"

香子伸手拿了芝田的爆米花放进嘴里,调皮地笑了。

"虽然我没想到要在这种地方向别人报告,不过没关系。你可能知道,健三在五年前因为行为放荡,激怒了正夫董事长,被逐出家门。没想到两年前,正夫董事长又重新接纳了他。你知道是为什么吗?"

香子摇了摇头。

"因为正夫董事长听说健三在大阪开了一家首饰店。健三的店主要贩售一些看起来并不会有廉价感的赝品，经营得很不错。这种时候做父母的就会认为浪子回头金不换。既然儿子想振作，就重新接纳了他。"

"即使是有钱人，父母终究是父母。"

香子想起在乡下的父母。虽然她没有告诉任何人，但其实她并不是东京人。

"但是，有一个人对这样的发展很不满，那就是原本代替健三负责管理珠宝店的佐竹部长。"

"我知道了，佐竹一定对健三能够顺利开店心存怀疑。"

"没错。"芝田拍着大腿，"即使健三本身有一些存款，他的资金也不足以开店。而且，佐竹才不相信健三会脚踏实地工作存钱呢。于是，他就彻底调查了健三开店的资金来源。"

"原来是这样，这和高见先生有什么关系？"

"佐竹委托征信社调查，得知一个有趣的情报——征信社发现还有其他人在调查健三的过去。确认之后，发现就是高见俊介。"

"高见先生也在调查他？"

香子瞪大原本就很大的眼睛。

"没错，佐竹很想了解高见的目的，于是决定静观其变。不久之后，发现高见不动产主动接近'华屋'。他猜想其中一定有什么蹊跷。"

"佐竹后来是怎么做的？"香子探出身体。

芝田摇了摇头，很干脆地回答："什么也没做，仍然静观其变。

那个姓佐竹的男人很沉得住气。"

"他看起来就很有心机。"

香子想起佐竹像影子般阴森的表情。

"然后,事态就陷入了胶着。佐竹不了解健三的过去,高见也没有采取任何行动。就在这时,发生了绘里的案子。只不过,当时佐竹做梦也没有想到,健三会和这件事有关。直到刑警上门——也就是我去找他时,他才觉得有问题。我问他为什么起用班比公关公司。他听了之后,开始猜想健三也许和这起事件有关。因为当初不是别人,正是健三强势命令,要在感恩派对上起用班比公关公司。"

"啊?不是佐竹推荐的吗?"

"是健三吩咐佐竹,佐竹向下属下达指示。但是,佐竹隐瞒了这件事,他故意说是自己推荐了班比公关公司,然后静观事态的变化。因为对他来说,破不破案不重要,他更希望能够抓住健三的把柄。"

"他真的很有心机,简直和德川家康一样。"

香子把整袋爆米花都拿走,换芝田伸手拿爆米花。

"不久之后,由加利也遇害了。这次又和班比公关公司有关,佐竹凭直觉认为健三应该和这些事有某种关系,只不过他没有任何消息来源。于是,他想到和高见俊介做交易。"

"于是,就在那天打电话给高见先生。"

就是香子做翡翠冷猪肉的那一天。不过,猪肉做得有点太咸了。

"佐竹想知道,高见为什么要调查健三的过去,以及是否了解这次事件的情况。还威胁说,如果高见不同意交易,就要把高见正在调查健三的事告诉健三。"

"所以，高见先生就只好答应了。"

"没错，但也因此解决了整起事件。听了佐竹的话之后，我们确信那个姓东的人就是健三，他拥有大笔资金的时间点也一致。但问题在于该如何证明，因此找到那张人像画就变得十分重要了。录音带和人像画——可以说，这次的事件是靠伊濑耕一侦破的。"

显示发车时间的时刻表上，终于出现了九点发车的那班新干线的相关信息，但离发车还有很长时间。

"我有个问题。"香子举手问道，"健三他们怎么会知道有那盒录音带？"

"因为由加利告诉了江崎洋子。"

"由加利？为什么？"香子拉着芝田的袖子问。

"由加利为了调查绘里死亡的真相，想拉拢江崎洋子。丸本说绘里是他的情妇，所以她猜想洋子应该痛恨丸本，没想到洋子根本就是丸本的同伙。洋子假装协助她，实际上却监视着她的行动。当由加利发现录音带的玄机后，立刻联系了洋子，但并没有说清楚录音带的细节，只说发现了像是伊濑自白的东西。"

由加利也打算把这件事告诉香子，但那天香子刚好不在家。

"结果，由加利就被杀了。"

"没错。那天，江崎洋子在下午三点左右去了她家。这是她们前一天约好的，所以由加利没有起疑。洋子想打听自白的事，但由加利不肯透露。于是，洋子就按照原本的计划，在红茶内加了安眠药，等她睡着后离开。洋子那天要工作，如果迟到会引起怀疑。接着，丸本就去了由加利家里，他在由加利家中拼命翻找，却完全没有找到像是自白的东西。丸本无计可施，于是就和健三讨论该怎么办。于是，健三也去了由加利家。在他翻箱倒柜时，由加利醒了。"

"结果，就杀了她吗？"

芝田点头说："他杀了人之后，就锁上房门逃走了。虽然他说是在冲动之下杀人，但难以让人信服。"

"我也不相信。"

香子对健三的印象和之前完全不一样了，那个男人不可能因为一时冲动采取任何行动。他之所以接近香子，也一定是想从她那里打听消息，而且还特地约她去吃饭，让别人可以趁机去她家里。那次果然是江崎洋子去她家翻箱倒柜。

"我了解这起案子是怎么解决的了，不过我还想知道为什么会发生。"

"好啊。"

列车驶入了对面的月台，许多乘客在月台上移动。芝田看着那些人潮，继续说了下去。

* * * * * *

事情源于健三被逐出家门。他当时居无定所，在各地流浪。三年多前，他在名古屋落脚。他有时候会去"华屋"的名古屋分店，有一次遇见了一个意想不到的女人。对方是他在美国时，在毒品派对上遇见的日本留学生。那个女大学生在美国时吸毒成瘾，但在"华屋"遇到她时，她已经完全恢复正常了，和之前判若两人。一问之下才知道，她正准备嫁给某个官员的儿子。健三查了她的名字，发现原来她是高见雄太郎的女儿礼子。

健三想到了一个主意。他决定以礼子之前在美国的行为勒索高见雄太郎，但是他不想自己直接去勒索。他打算找人代劳，自己拿一半的钱。最后，他选中了丸本和伊濑。丸本是在喝醉时被他相中的，伊濑则是在车站前为人画人像画时被他相中的。他们都有一个共同点，就是想要资金。

首先，由丸本恐吓高见雄太郎，要求他支付五千万日元作为封口费，否则就要公开礼子的秘密。高见雄太郎乖乖付钱。可能对高见家来说，这笔钱并不是太大的金额。接着，伊濑也勒索了五千万日元。雄太郎再度去交钱，但在交给伊濑时，他可能觉得这样下去会没有止境，于是就说会去报警。伊濑慌了神，就把他勒死了。

伊濑把钱带回家，但无法承受内心的恐惧，最后自杀了。

健三去他的公寓拿钱时，发现伊濑死了，于是把钱都拿走了。他在伊濑家找了一下，看看是否有会查到他的东西，最后判断应该没有。

于是，健三和丸本得到了各自创业的资金。健三很希望从此和丸本断绝来往，但丸本缠着他不放，希望他扶持班比公关公司，健三无奈之下只好答应。

牧村绘里进入班比公关公司时，丸本立刻知道她是伊濑的女朋友。因为之前听伊濑提过她的名字，而且伊濑随时把她的照片带在身上。丸本起初以为绘里要向他报仇，后来发现好像并不是这么一回事，察觉到她的目的是"华屋"的派对。

果然不出所料，绘里在派对上接近健三，要求他在八点四十五分时去二〇三号房。健三联系丸本，让他和江崎洋子一起待命。

健三走进绘里等待的房间后，看到绘里请他喝啤酒，立刻起疑。

乘绘里不备，他交换了杯子。他的预感果然没错，绘里痛苦不已，很快就断气了。健三慌忙找丸本他们讨论，然后开始制造不在场证明，而且布置密室，伪装成自杀。

* * * * * *

"西原健三真是一个冷酷的男人。"

香子想起健三的一身白西装，看起来很傻，完全不像是杀人不眨眼的类型。

"回想起来，我们警方也被他装傻的功夫骗了。伊濑在自白中提到健三的人像画时，说他的眼神很锐利，那应该是他真正的样子。但健三发挥那些演技，并不只是为了这次的事。"

"什么意思？"香子微微偏着头看着芝田问。

"西原健三从小时候就在家里当小丑。"芝田把爆米花的空纸袋揉成一团后说，"你应该知道'华屋'的西原正夫董事长有昭一、卓二和健三这三个儿子吧？其中只有一个人能够成为继承人，但两个哥哥向来不把健三视为竞争对手。是因为健三的年纪和他们相差好几岁，还因为健三在读书方面与哥哥们相形见绌。健三读的学校比昭一和卓二的母校低了好几个等级，但健三并不认为自己比两个哥哥差，反而认为自己更适合成为继承人。只不过他完全没表现出这种野心，自始至终都在扮演着小丑，他相信一定会有机会，一直忍气吞声等待。"

"好阴沉的性格。"香子皱着眉头，小声地说。

"他年轻时放荡不羁，被逐出家门这件事，也是经过算计的。因为他看穿了正夫的性格，认为与众不同比优等生更有魅力。虽然用了那种策略，但健三似乎很有自信可以重回正夫身边。回去之后，健三一方面继续扮演阿斗,不过也在暗中进行扭转全局的秘密策略。"

"什么秘密策略?"

"你不知道吗?你不是也看到过吗?就是那些人工宝石。"

"啊啊……"

红宝石、蓝宝石、亚历山大石——所有宝石都很美。

"昭一打算用保守的态度做生意,但健三认为这样无法让'华屋'继续壮大,他相信人工宝石才是未来的绩优股,于是他就伪装成只是'阿斗'的兴趣,逐步发展人工宝石。希望等昭一发现时,他已经逆转形势。这就是他的远大计划。"

"所以,在那一天到来之前,都会戴着假面具吗?"

"没错,他就戴着小丑这个最有效的假面具。"

——小丑的假面具吗?

香子回想起和健三相处的情形。这个充满野心的三公子,应该从小就本能地知道,这是最有效的手段。

"你还有一件事没有告诉我,"香子想起重要的事,"高见先生为什么要调查健三的事?他应该并不知道健三是伊濑背后的主使啊。"

"噢,这个啊。"

芝田说完转过头,舔了一下唇,然后从夹克的口袋里拿出口香糖,问香子要不要。香子默默地摇了摇头,催促他赶快回答。

芝田把口香糖放回口袋。

"高见雄太郎死后,他的独生女礼子在他的抽屉里发现了奇怪的东西。那是写给雄太郎的信,上面写着会保守礼子的秘密,但雄太郎必须支付封口费。礼子看了之后深受打击,这也难怪。之后,她就得了严重的精神官能症。"

"噢,原来……"

香子想起礼子在电话里的声音。当时觉得很可怕,现在了解情况之后,觉得她很可怜。

"高见俊介也看了那封恐吓信,他知道伊濑耕一背后一定有幕后黑手。因为雄太郎付了钱,但在伊濑的房间里并没有发现那笔巨款。高见俊介想报复幕后主使,但是伊濑耕一自杀了,已经死无对证了。于是,高见就去了美国,调查知道礼子曾经吸毒一事的日本人。"

"最后查到健三了吗?"香子问。

芝田点了点头说:"但是,高见无法断定他就是恐吓的主谋,于是就决定彻底调查健三的过去。"

"原来是这样……"

"高见得知绘里的死讯时,因为牧村绘里的名字和伊濑耕一的女友同名同姓,他就直觉地认为绘里的死和高见雄太郎命案有关。"

于是,高见就接近香子。因为他不想公开礼子的事,所以不能依靠警方。

"礼子……真的很幸福。"香子情不自禁地这么说。

芝田惊讶地看着她。

"高见先生不顾一切地想报仇……他应该很爱礼子。"

芝田听了她的嘀咕,叹了口气,缓缓地摇着头,然后用双手的中指按压眼角。

"刚好相反。"

"啊?"

"刚好相反。"他按着眼角说,"是礼子很爱高见,从很久之前开始。"

"很久之前?"

"真的是很久以前。高见的太太在几年前去世了,而礼子则是在高见结婚之前就爱上他了。后来因为他结婚,礼子深受打击,于是才去了美国。礼子当年沉迷毒品,也是想忘了他。"

"原来是这样……"

也就是说,礼子是因为爱高见,才会卷入这一连串的悲剧中。而高见知道这件事后,才想代替礼子报仇。

香子茫然地看着月台上来往的人潮。即使听了芝田的说明,仍然觉得好像是另一个世界发生的事。

这时,香子的眼前突然出现一个人影。她抬头一看,高见俊介带着温和的笑容站在她面前。

"你好!"他说。

香子打量他的周围。原本以为会有其他人同行,但没有其他人,他要一个人去名古屋。

"你暂时不回东京吗?"芝田问。

高见轻轻眨了一下眼睛,点头说:

"对,我想陪礼子一阵子,她一直把我当哥哥一样敬爱。"

"是吗?"

芝田看着香子,示意她说点话,但她想不到该说什么。

高见搭乘的列车驶入月台,周围的人都匆忙起身。

"多保重。"

芝田向高见伸出手,高见回握,说:"你也多保重。"然后看着香子,用沉重的语气说道,"请你相信我,虽然我不否认想利用你,但是……和你在一起很开心,这是真心话。"

"我也是。"

香子说完,伸出手。高见双手握住她的手,他的手掌很温暖。

"再见了,多保重。"

高见搭上了列车。车门关上,列车缓缓驶离。芝田和香子一直站在月台上,直到列车远去。

"你的金龟婿逃走了。"芝田把手放在香子的肩上说。

"对啊。"她耸耸肩说,"这次失败了。"

"这次?"这时,芝田口袋里的呼叫器响了起来,他一脸无奈地关掉,"又在找我了,警察真辛苦啊。"

"加油喽。"

"你接下来要去哪儿?"

"嗯,"香子把手指放在嘴唇上,向他送了一个秋波,"我要去找工作。"

"是吗?那我们一起走一段。"

芝田对着香子弯起右手臂。香子笑了笑,挽住了他的手臂。

完